我的母亲记

[日] 井上靖 著　吴继文 译
YASUSHI INOUE　1907-1991

重庆出版集团　重庆出版社

WAGA HAHA NO KI
by INOUE Yasushi
Copyright © 1975 by The Heirs of INOUE Yasushi
All rights reserved.
Originally published in Japan.
Chinese (in simplified character only) translation rights arranged with
The Heirs of INOUE Yasushi , Japan
through THE SAKAI AGENCY and BARDON-CHINESE MEDIA AGENCY

本简体中文版翻译由台湾木马文化事业股份有限公司授权

版贸核渝字（2019）第96号

图书在版编目（CIP）数据

我的母亲手记 /（日）井上靖 著；吴继文 译. —重庆：
重庆出版社，2020.1

ISBN 978-7-229-14271-1

Ⅰ. ①我… Ⅱ. ①井… ②吴… Ⅲ. ①散文集－日本－现代 Ⅳ. ①I313.65

中国版本图书馆CIP数据核字（2019）第125805号

我的母亲手记

［日］井上靖 著
吴继文 译

策　划：	华章同人

出版监制：徐宪江
责任编辑：陈　丽
责任印制：杨　宁
营销编辑：王　良
封面设计：视觉共振设计工作室
封底写真提供：©新潮社

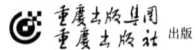

重庆出版集团
重庆出版社 出版

（重庆市南岸区南滨路162号1幢）
投稿邮箱：bjhztr@vip.163.com
三河市嘉科万达彩色印刷有限公司　印刷
重庆出版集团图书发行有限公司　发行
邮购电话：010-85869375/76/77转810

重庆出版社天猫旗舰店
cqcbs.tmall.com

全国新华书店经销

开本：880mm×1230mm　1/32　印张：8.375　字数：140千
2020年1月第1版　2020年1月第1次印刷
定价：45.00元

如有印装质量问题，请致电023-61520678

版权所有，侵权必究

目录

译者序　凝视生之秘境 ...... 一

花之下 ...... 一

月之光 ...... 五九

雪之颜 ...... 一四七

作者年谱 ...... 二三一

译者序

凝视生之秘境

吴继文

友人的母亲个性别扭,和亲戚朋友几乎都断了往来,只是与她南部老家九十岁高龄的妈妈还算常联络,还不时寄些老人家爱吃的东西过去,聊表爱心。一天她竟收到老妈妈从高雄快递来的各种食品,里面还夹带了一张字条,上面用颤抖的笔迹写满了如何保存、烹煮及食用食品的贴心叮嘱。她不禁惊呼连连:"天呐,我不知道她会写字耶!"并非不在乎,只是

二

爱得漫不经心。

井上靖自言,这本由创作于三个时期的三篇文章合辑起来的书,既不能说是小说,也不能算是随笔;换个说法就是,这部作品既有小说的虚构,也有随笔的写真。

对于了解井上靖的读者来说,如果说以他的成长史为蓝本的著名的三部曲《雪虫》《夏草冬涛》《北之海》比较靠近小说那一端,而自传体《童年忆往》《青春放浪》《我的形成史》在纪实这一端的话,那么本书正好介于中间。

井上靖的父亲由于职业(军医)的关系,每两三年就必须调任一次,任地北至北海道,南到中国台湾。父母大概不希望他频繁转学吧,所以将他安置在伊豆山区老家,让他和一个没有血缘关系的阿绣奶奶相依为命,住在一栋老朽的土坯库房里。可以说,井上靖自懂事起就和原生家庭分居两地。阿绣是井上靖的曾祖父清司所纳的妾,与井上靖没有血缘关系。阿绣没有正式名分,被乡里家族排斥和敌视,正好和孤独的井上靖成为忘年的盟友。曾祖父去世前对阿绣做了安排,让她当井上靖的母亲八重的养母,另立门户。阴差阳错,这个在辈分上算是井上靖的曾祖母,户籍上则是他的祖母的外姓女子,竟然成为现在井上家族的第一祖,长眠于家族墓园里。

伊豆半岛多山,交通不便(那时出趟远门必须先乘坐两个小时的马车,再坐一个多小时的轻便车,才能抵达东海道铁路干线上的三岛站)。虽然伊豆离首都东京不过百来里路,却完全是另一个国度。不过伊豆资源之丰饶、民风之淳朴、四时节庆之多彩缤纷,让善感的少年井上靖在懵懂中建构了属于自己的世界,以抵抗无来由的孤独与哀伤。父母家人总在远

四

方，他生命中关于家的最早印记，就是阿绣奶奶和老库房。对他来说，奉献式地照看他、溺爱他的阿绣奶奶，才是他的母亲，甚至是他的情人；所有对阿绣奶奶不好、说阿绣奶奶坏话的人，他一律视为敌人。这种同盟关系令人想到诺贝尔文学奖得主卡内蒂（Elias Canetti）和他的母亲，只不过发生在欧洲犹太殷商家族中的故事（《得救的舌头》）多了些知性的启蒙。

父亲隼雄带着除井上靖之外的其他家人，半生漂泊于日本列岛、朝鲜与中国台湾之间，却在近五十岁壮盛之年退职还乡，之后便隐遁不出，靠微薄的退休俸过着清简的日子，不与外界往来，形同自闭；本来外向的母亲也认命地跟随丈夫在伊豆山野务农度日。这时的井上靖早已成年，先是在京都帝国大学就读，接着是结婚、小说征文获奖、进报社工作、成为职业作家。除了偶尔探亲，他还是和父母的生活没有交集。简单地说,他就是一个和父母无缘的孩子。他知道父母并非不爱他这个长子,而他对自己的父母也一直有着复杂的情感,但也就只是这样而已。直到父亲去世,母亲日渐衰老,井上靖才突然惊觉,他并不真的了解父亲(但已无从了解),而他同样陌生的母亲,则因为患上了老年痴呆症,其过往人生的记忆开始整片整片地脱落。他无论如何努力捡拾残缺碎片,想要拼凑母亲生命的完整图像,还是为时已晚。时间的黑洞吞噬了一切。他对着深渊呐喊,只能捕捉到疑似的回声,这让他感觉自己仿佛被母亲再度抛弃。在写于同一时期的《童年忆往》中,井上靖自言,当他追忆幼年时光时,脑海里几乎没有母亲单独出现的画面,即使是追忆青少年时代亦然。母亲为了他能够顺利考上中学而发愿茹素,从此不再沾荤腥。这么重要的事情,他完全不记得。如果是为了重建记忆,像

六

奥地利剧作家、卡夫卡奖得主彼得·汉德克（Peter Handke）在其母亲五十一岁那年突然饮药自尽后所做的那样（《梦外之悲》），这本书的努力将注定是徒然的。

早年的井上靖，非常刻意地让自己不要变成父亲、母亲那样，他不想像他们那样过着无欲、退缩、冷清的生活。他不喜欢昔日打麻将、玩撞球、下围棋和象棋的父亲，所以一辈子都不碰这些休闲游戏。他拥抱人群，总是成为朋友聚会时欢笑的核心。

由于家族代代行医，所有人都觉得作为医生长子的他理所当然要进医学院，学成后继承家业，结果他却选择了父亲最瞧不起的哲学科，主修美学。六十多岁时，他不得不承认，自己那犹豫不决、谁都不得罪的个性，简直和父亲的个性一模一样，而强烈的自我中心以及易感爱哭的性子，根本来自母亲。这么多年以来，他让自己成为这样一个人：继承了父亲和母亲的特性，却强迫自己走一条和他们的人生完全不一样的路。从这个角度来看，他成功了。可当他意识到，通过这些长期的、持续的对峙，他反而成了或许是世界上最能够理解父母一生的人，可是他让父母带着不被理解的怃然，无限孤独地离去。作为人子和至亲，他又是失败的。他还痛切地体认到，正因为性格的相似，父母才是他最佳的理解者。父亲已远去，母亲不久亦将关上最后一道门。这是多么尴尬的挫败啊！

晚年的母亲，没有什么病痛，却明显衰老，身形不断萎缩，最后变成轻如枯叶的一缕幽魂，"从此以后再无任何可能性的肉身来到了它的终点"；严重的失忆，让她从伦常、责任甚至命运的重压中脱身，孤立于尘世之上，对人世间的爱别离苦已不再关心，而他人亦无从探入她此刻的内心世界。仿佛抵达太阳

八

系边缘的星船，无法接收或传送任何可辨识的讯号一样，她成了永恒的神秘本身。

在此，一个小说家所能做的，就是直面和凝视生命那壮观的神秘。物自身尽管不可知，但你依然可以思索，试着对话、发问，并加以描绘，捕捉如幻的现象，呈现可能的真实。这一切作为，都是对德尔斐神谕"认识你自己"的响应。井上靖的凝视，绝非徒然。就此而言，我们可不可以说，所有的小说，或多或少，都是"私小说"？

"私小说"不只是暴露或自我揭示。谁没有秘密？你的命运与我何干？昭和文豪井上靖以此作向我们雄辩地演示了，唯有以冷静的凝视之眼，揭开"不可知"的封印，穿过遗忘的荒烟蔓草，直探生之秘境，才是"私小说"的精髓。

更让人掩卷低回的是，这个以纤细的感性怀旧和悼亡的作者，言笑晏晏恍如昨日，如今也早已移身他界，成为不归之人。很快地，此刻作为观看者、聆听者的我们，不就像昔日执笔的作者一样，坐在一班正开始加速的时间列车上，而前方已经隐约浮现出终站的灯火。

倒数计时，准备下车。

花・之・下

花·之·下

一

父亲是五年前八十岁的时候过世的。他在升任少将军医监后随即辞官退役,回到故乡伊豆[1]茧居度日,时年四十八岁。之后的三十多年里,他的工作就是耕种屋后的一小块田地,种些蔬菜供夫妻俩自己吃。以他从陆军退役时的年龄,如果有创业的意愿,一点儿问题也没有,但他丝毫没有这样的念头。到了太平洋战争时期,日本新建了不少军队所属的病院或疗养

---

[1] 伊豆:泛指本州岛中部介于骏河湾和相模滩之间、面向太平洋的半岛,行政区划上属于静冈县,以温泉闻名。——译者注,下同。

四

所，到处闹"军医荒"，很多人请父亲去某某地方担任院长，但他总是以年迈不堪为由婉拒，似乎一旦脱下军装就再也不想重新穿上。因为领有退休俸，父亲基本上不会有饿肚子的顾虑，但时局所致的物质上的困顿还是难免的，如果他继续在医院任职，也许生活不会日渐窘迫，反而可以过上完全不一样的生活。我想不只是经济上变得宽裕，也可以认识各式各样的朋友，夫妻俩的老来生活也会因此过得更多姿多彩些吧。

有一次我从母亲的来信中得知，又有军医院在敦请父亲考虑复出，我非常认真地回了一趟老家，想当面劝劝父亲，结果他什么也没说就走了。看着过了六十岁便急剧消瘦下来的父亲穿着打了补丁的农作服走向菜园的背影，我觉得这个人已经和外面的世界完全无缘，也就不再勉强了。也是那次回家，我听母亲说，父亲自从归隐故乡后，几乎很少走出自己的房子和田地；偶尔有邻居造访，他虽不至于摆出一张臭脸，却从来没有到别人家里走动过。相隔不远的地方，散居着三四家亲戚，除非发生什么不幸的事，否则他一概不走动。不只如此，他连走到家门前的马路上都不愿意。

父亲本来就不喜社交，非常孤僻，这种性格我和弟弟妹妹们很早就了解，只是没想到几个孩子陆续离乡、各自有了家庭，和父母的生活逐渐疏远以后，父亲的这种个性随着年纪的增长，变得比想象的还要严重许多。

正因为是这样的父亲吧，所以他也从来没想过给孩子们提供什么样的帮助。靠退休俸生活，本来多少可以糊口，但第二次世界大战结束后时代完全不一样了，甚至有段时期政府还停发了退休俸；虽然后来恢复发放，但俸给金额变少了，而且也贬值了。我每个月固然也寄些钱回去，但我很清楚父亲非常不想接受

六

奉养。说得夸张点儿，拿孩子的钱对他来说简直比死还难受。父亲从不浪费一分钱，即使资助他的钱超过生活所需，但除了基本花费外，他绝不多花一分钱。战后他种田、养鸡，甚至自己做味噌，从没花钱买过副食品。当我们兄妹几个陆续找到工作、独立生活以后，我们每次见面都会为这种事数落他，批评他不通情理，却丝毫改变不了他的生活态度。做儿女的总想让父母在晚年过着比较舒适的生活，可是我们给他寄钱他也不用，帮他买衣服、棉被什么的，他大概觉得旧的不用可惜，多半会将新的收起来，难得拿出来用，结果我们只能送些吃的。食物不吃会坏，他到底是会吃的，也不会不准母亲吃。

父亲八十年的人生堪称洁身自爱，虽说不曾施恩于人，但也不会伤害别人令人怀恨。他三十多年的隐栖生活，可以说是白纸一张。他过世之后，我翻开他的存折，发现里面的余额差不多正好够他和母亲的葬仪所需。父亲是以养子[2]的身份成为井上家的一员的，他所继承的家族房产，也就直接留给了身为长男的我。他在陆军服役期间所买的家具什物，在战后被他一件件地卖掉了，剩下来的没一样值钱。尽管如此，祖辈传下来的寝具、橱柜之类的老物件，倒也一件不少。父亲既没有增添家族的财产，也没有减损分毫。

我从小就不在父母身边，而是由祖母一手带大的。虽说是祖母，其实毫无血缘关系，而是做医生的曾祖父的妾，名叫阿绣。曾祖父过世后，阿绣的户籍归入我们家，以母亲养母的身份另立门户。这当然是一辈子我行我素的曾祖父想当然的安排。因此阿绣在户籍上是我的祖母。小时候我叫这个祖母"阿绣奶

---

2 养子：在日本，"养子"为"养子缘组"的简称，收养人将没有血缘关系的男子纳入户籍收为养子，在民法上具有等同于亲生子的地位。收为养子通常是为了与自家女儿结婚，进而继承家业，类似入赘。

奶",以便和当时还在世的曾祖母,还有我的外祖母有所区分。我叫曾祖母"老奶奶",对外祖母则径直称她为"奶奶"。我之所以会被交给阿绣奶奶来带,并没有什么特别的理由。由于当时还年轻的母亲怀了妹妹,家里人手有点儿不足,于是父亲将我暂时托付给故乡的阿绣奶奶照顾,结果变成我整个童年时代都和阿绣奶奶一起生活。我想,对阿绣奶奶来说,身边有个孙子,让她在家族中不明确的身份多少有点儿保障;加上她年纪也大了,孤单的生活大概少不了我的陪伴。至于我嘛,也就是个五六岁的小孩,整天黏着疼我的阿绣奶奶,自然不会特别想回到父母的身边去。而母亲,生了妹妹之后很快又怀了弟弟,多一个我只会碍手碍脚,所以也不急着把我带回去。

阿绣奶奶是在我读小学六年级的时候去世的,她走了之后我才离开故乡,回到有爸妈、弟弟妹妹等家庭成员的家中。我在父亲供职的地方就读初中，但由于父亲再度调任，我和家人共住的时间不到一年；我不得不转学到离故乡不远的初中，住在学校宿舍里。初中毕业后，除了一年的浪人[3]生活以及一年的高中生涯，总共有两年时间和家人住在一起外，我很快又因为父亲的调职而与家人分开，后来再也没有和爸妈、弟弟妹妹们共同生活的机会。因此，对父亲来说，在一起生活这一点上，我是一个与家缘浅的孩子，然而父亲对我和其他三个一直待在他身边的孩子毫无差别。不管任何场合，他都力求公平，而且他并不是勉强自己这么做。孩子离得远所以没什么感情、住在一起因此特别疼爱之类的分别心，在他身上是看不到的。他对自己的小孩和亲戚家的小孩也是这样。他的

3　浪人：本意为没有主人、失去俸禄的武士，现在多指失业人士，或考试失利、暂时没有学校就读的学生。

一〇

不偏心、没有大小眼异于常人。说得极端点儿，自己的儿子、女儿也好，认识不久毫无血缘关系的小孩也好，他都一视同仁。在儿女眼中，这样的父亲过于冷淡，在旁人看来却很温暖。

父亲在七十岁那年罹癌，手术基本上算成功。十年后病情复发，他卧床半载，人一天天衰弱下去，因为高龄，不得不放弃二次手术。死只是时间早晚的问题，将近一个月的时间，他每天都像要随时撒手而去。儿女们各自备了丧服载去放在老家，之后便怀着等病人什么时候咽下最后一口气的心情，在故乡和东京之间来来回回。我在父亲离世的前一日回去看他，听医生说看样子再撑个四五天不会有问题，于是当晚又赶回东京，没想到父亲就在当晚走了。父亲到生命的最后头脑都非常清晰，不管是招待探病的客人吃什么，还是关于讣闻的注意事项，他对身边的人无不详细交代。

和父亲最后一次见面时，临走前我向他禀告说我这就回东京去了，但两三天后还会再来，正说着父亲竟将他枯瘦的右手从棉被里抽出来，颤巍巍地举起，向我伸了过来。由于父亲过去从来没有做过这样的事，我一时反应不过来，不知道父亲到底想做什么。我将父亲的手放在自己手中，接着父亲握住了我的手，看起来就像是两只手不经意地交握着。然而接下来的一瞬间，我的手似乎被轻轻顶了一下，就好像垂钓时，钓竿尾端突然传来微妙的中鱼信号的感觉。我倏地将手缩了回来。我不确定刚才是怎么回事，不过那里面肯定包含了父亲类似瞬间意志的东西。想到我是那样感动地握着父亲的手，却又突然被推开——父亲好像在说"这是在干吗"。我对父亲的举动感到纳闷不已。

这件事，在父亲过世后好长一段时间，都一直

三

在我的脑海中不断浮现。我怎么都放不下，常试着推想各种可能。也许父亲自知死期将近，想向我表示父子间最后的亲密之情；可是等他握住我的手时，他顿时又对自己的这种念头感到厌恶，于是就把我的手推了回去。如此解释应该是合理的。对我来说，这样想是最自然不过了。也可能是，父亲对我伸出手握住他的手这个动作感到不快，于是立刻中止了对我表达关爱之意，放开了我的手。不管是哪一种，唯一可以确定的，就是父亲对我的手的那种细微到难以察觉的推顶，无非是想把两人意外拉近的距离再度恢复到原先的状态。我觉得这样最像我所知道的父亲，而这样的父亲也没什么不好。

可是另一方面，我又一直无法消除"将手抽走的似乎是我"这个念头。将手抽走的说不定是父亲，也可能是我。那记冷漠的信号，或许父亲毫无所觉，而应当由我来接收。不如此，就不会有足以说服自己的结论。在死神逼近的当下，反而变得感伤多情、扭扭捏捏的，那也太不像父亲您了。您不可以那样对自己的孩子伸出手来，所以最有可能的是我毅然将短暂握住的手给推开了。这样的解释，让我每思及此，都痛苦不堪。

我困在与父亲互动的这件小事中，左思右想了不知多少回，最后还是解脱了。魔咒是毫无征兆地突然消失无踪的。当我想到说不定父亲在墓中对这个只有父子俩知道的短暂而暧昧的互动同样不得其解时，我突然有一种解脱感。或许在另一个世界里，父亲和我一样，也是对那轻微的中鱼信号的意味苦思个不停吧。在这样的想象过程中，我第一次认识了于父亲生前不太了解的自己。是的，我就是父亲的孩子，而父亲就是我的父亲。

一四

　　自从父亲过世后，我不时地发现自己有许多和父亲相似的地方。父亲还在世的时候，我从来不认为自己像他，周遭的人也都说我和父亲的性格正好相反。先不管我从学生时代开始，就有意识地和父亲唱反调，刻意采取和父亲完全不同的生活方式，从根本上来看，我没有一点儿像父亲的地方。父亲天性孤僻，我却是从来不缺朋友；学生时代我活跃在运动社团，总是哪里热闹往哪里钻。我的这种个性在我大学毕业成为社会人之后，依旧没变。直到和父亲开始隐栖生活的年纪相当时，我都没有想过要像父亲一样避居故里，断绝与外界的一切往来。虽然我在四十五岁左右时离开了报社，以作家的身份重新出发，但父亲差不多在这个年纪时切断了与社会的整个联系。

　　尽管如此，父亲走了之后，我竟然无来由地觉得，其实自己身上到处都是父亲的影子。每次从屋侧敞廊走下庭院时，我都会和父亲一样，用脚在那里找木屐。在起居室打开报纸，我们都是前倾着上身读报。伸手拿香烟时，我甚至会因为整个动作太像父亲，而下意识地赶紧把烟放回去。每天早上对着洗脸台的镜子，拿安全剃刀刮完胡子后，将沾着肥皂泡的剃须刷放在水龙头下冲洗，然后用手指挤压刷毛部分的水。我问自己，这不是和父亲完全一样的做法吗？

这些表情或动作和父亲很像也就罢了，我甚至怀疑会不会连思考方式也落入父亲的模式。当我工作的时候，总有几次我会离开书桌，到敞廊的藤椅上坐坐，胡思乱想些和工作完全无关的事情，这时我都会抬眼看着不远处的一棵老榉木犹如伞盖般伸展的枝丫。父亲也是这样。窝在老家敞廊藤椅上的父亲，总是抬眼看着大树的枝丫。我突然觉得，这姿势就像在守望眼前的深渊。父亲是不是也曾悚然沉浸在即将没

一六

入深渊的危惧中？就是这些让我感到自己身上带有父亲的因子，也因为有这样的体悟，我开始更多地思考父亲这个人。我和父亲一次又一次、面对面、频繁地促膝而谈。

也是在父亲离开后，我才第一次意识到，活着的父亲还充当着一个角色——庇护我远离死亡。当父亲健在的时候，我似乎怀抱着一种并未清楚察觉的心态：因为父亲还活着，所以我从未思考过自己的死亡。一旦父亲不在了，我突然发现死亡和自己之间一下子没了阻隔，可以看得一清二楚。不管愿不愿意，我对死亡之海的一部分再也不能视而不见，也明白接下来就轮到自己上场了。这是我在父亲亡故之后才领悟到的。因为父亲活着，作为他的孩子的我得到了有力的庇护。这种庇护并非来自父亲主动的意愿，在这件事上，不涉及人类的算计或父母子女的亲情。只因为是父亲和儿子，自然会产生那样的作用，正因为如此，这无疑是所谓亲子最纯粹的意味了。

父亲死了，我才开始将自己的死当作并不遥远的事情加以思考。不过，母亲依旧健在，死亡之海的半边还由她为我遮挡着。只有等到母亲也过世了，竖立在我和死亡之间的屏风才会被完全移除。到那个时候，死亡肯定将以迥异于现在的面貌，逼近我的眼前。母亲如今也到了父亲辞世的年纪——母亲小父亲五岁，今年正好八十岁。

二

父亲殁后,我们立即要面对的问题是,母亲今后生活的安排。父亲过世之后,母亲独居故乡的老家。我们兄妹四个,大妹住在三岛,我、弟弟、小妹则居住在东京市区的不同地方。母亲完全没有意愿离开随父亲退隐后一住三十多年的老地方,但从儿女的角度来看,任由耄耋之年的母亲独居也不是办法。母亲的身体非常好,虽生得矮小,腰杆却挺直,稍一活动便脸泛红光,一点儿也不像个高龄老太太。眼睛方面,她不用戴眼镜就可以读报纸;臼齿虽然缺了一两颗,假牙却是一颗也没装过。身体固然很健康，可是从父亲去世前两三年开始，她的记忆力衰退得很厉害，同样一件事会一再重复说个不停。父亲似乎对于丢下母亲一个人显得非常不放心，直到他咽下最后一口气之前，只要有人来探望他，他都不忘拜托人家好好照顾母亲。我对父亲如此放心不下母亲感到有些不解，等母亲独居以后，我才明白父亲为何会那么担心。不和母亲住在一起不知道，只要和她同住个几天，我们就会发现母亲的头脑受老化侵蚀的严重程度超乎想象。待在她身边听她讲话讲五分钟或十分钟，你大概不会发现什么异常状况，但只要对坐个一小时左右，你就会发觉她说的尽是同样的内容。

无论是她自己说的话，或是别人的响应，她似乎瞬间忘个精光，才没过多久，她又开始重复刚才的内容。她的遣词用字本身并没有什么奇怪的地方，所涉及的话题，对迥异于父亲、自年轻时就善于交际的她来说，也很正常。当她与人寒暄，问及别人的近况时，她所使用的表达方式总是具有一种母性的温柔特质。因此如果你只听这么一次，绝对不会相信她的头脑由于老化已经部分锈蚀。直到经历她以同样的表情一再重复同样的话，你才不得不接受那是异常。

一直到父亲逝世周年忌之前，母亲都是和犹如孙辈的年轻女佣一起住在老家。等周年忌结束以后，经过我们的一番劝说，她才百般不情愿地移居东京，入住小女儿、也就是我最小的妹妹桑子家。由于某些缘故从夫家搬出来，开了一家美容院养活自己的桑子，同意把母亲接来同住。东京还有我和弟弟两家，但与其让媳妇照顾，母亲宁愿选择女儿。住进女儿家，是母亲同意移居东京的条件。住到东京以后，母亲同样一句话说了又说的现象更加频繁了。每次桑子来我家，总是提到对这种事的无奈。实际上，母亲就像唱片坏掉了跳针一样，每天从早到晚反反复复说着同样的事情，停都停不下来。

为了让妹妹可以休息一下喘口气，我偶尔前去迎请母亲到我家来住。可是才住了一晚，第二天清晨她就闹着要回去。就算我们半强迫地将她留住，她在我家住的时间也不会超过三天。我也好，家里的人也好，都注意到母亲的健忘症以及同一件事说了又说的症状，而且每一次都比上次来时严重许多。

"奶奶的脑子到底是坏掉了。"正在大学就读的长男说过这样的话。实际观察母亲的状况，她的脑子确实像一台坏掉的机器。不是生病，而是部分故障。因为不是全坏，坏掉的只是一部分，其他部分尚称完好，正因为如此，应对起来反而更加棘手。好的、坏的穿插夹杂，你分不清哪些是正常的，哪些是坏掉的。很多事情

三

她见过即忘，而有些事情她却记得牢牢的。

母亲住在我家的时候，一天中她会出现在我的书房几次。当走廊里传来那独特的拖鞋声，我立刻知道母亲来了。她会很见外地说"不好意思，打搅一下喔"，然后走进我的书房。她虽然已经想好要对我说的话，但每次总是先从讲过不知多少次的诸如故乡那边什么人家的女儿要结婚了，不能不包个贺礼；谁谁谁说了什么事，希望你也知道一下，等等此类的话题开场。对我们来说这些都是一些琐细不要紧的事，母亲却念念不忘，一再提起，显然对她来说这些事情非常重要。

等到出现在书房的次数一多，母亲就会开始相信她本来就是为了这些事情来找我的，但她的表情看起来有点心虚，语气也有些踌躇："是这样啦……"这时我会抢先说出她想说的话，她便会露出"果然已经说过了"的害羞如小女孩般的表情。为了掩饰难堪，她转身离开房间前往走廊,然后好像突然想起什么事情似的穿上木屐,走到庭院里。不久我就会听到她在庭院里和别人聊天发出的爽朗笑声。过了一两个小时,她又会为了对我说同样的话而出现在我的书房里。

母亲不断重复同样的说话内容,想必特别在乎这件事,如果能够消除使她放不下的根本原因,一定可以让她不再绕着这个话题转。我和其他家人都这么认为,有一段时间也朝此方向努力。如果母亲担心的是送礼的问题,妻子美津就会把礼物拿给母亲看,然后当着她的面包好,再拜托帮忙做家事的太太拿去邮寄。可是这样做并没有让母亲放下挂心的事。美津包礼物的时候,她会在一旁紧紧盯着,嘴里说着"谁知道这样到底有没有真的寄出去"之类让人感到不舒服的话。这种时候的母亲实在让人又爱又恨,不过你可以从中看出她的行为里哪些是自然的,哪些又是刻意造作的。她就像下了狠心似的把那件事拿出来说了又说，停也停不下来。看到这样的情景，谁都会觉得她只是故意唱反调而已。尽管母亲是在唱反调，却没有什么恶意。过了一两个小时，她就会把美津当面包装礼物或是其他种种事情忘个一干二净。

不过，在母亲的大脑中，坏掉的唱片并不是一直重复同样的内容。**一个在她脑中占据了好一阵子，让她不断提起的名字，会毫无征兆地消失无踪，被新的占据者所取代。**对母亲情况最为熟悉的小妹桑子，对于母亲脑中的那个人为什么会突然消失，好像也是毫无头绪。母亲到昨天为止曾一次次提到的事，会从今天起突然不再成为话题。话题一旦被她抛到脑后，即使我们试着提醒她，也是徒劳。母亲就好像变成另外一个人似的毫无反应。新的占据者为什么会进入她的脑中也是一个谜。母亲不断重复的内容范围非常广泛，有的是她希望我们替她做的事，有的只是单纯转述她从别人那里听来的话，或者是回忆遥远的过去发生在自己身上的种种事情。至于那些内容为什么会像唱片跳针般频繁刺激母亲的意识，原因依然不明。

当我开始留意到母亲嘴里不断出现明治二十六、二十七年[4]前后以十七岁之龄早逝的亲戚俊马的名字时，是去年夏天。那天晚上，我在筑地的料亭招待客人，回到家中已经过了十一点。我在起居室的沙发上刚坐下，就听到隔壁传来间杂着孩子声音的母亲的讲话声。我对妻子美津说："好像是奶奶来啦？"我们家的人，包括我，还有我的弟弟妹妹，都称呼母亲为奶奶。"是啊，不知道是什么风把她给吹来了。"美津笑着说。傍晚时分桑子来电，说母亲难得主动提起想来我们家。虽然知道她会一如以往地在第二天早上

4　明治二十六、二十七年：即1893、1894年。

闹着要回来，可是她话一说出口就没得商量，所以桑子赶紧开车送她过来，换我们照顾她一下。

"我们当然知道奶奶非常喜欢俊马先生，可老是俊马先生长、俊马先生短地说个不停，实在太丢人了。都已经八十岁的人啦。"正在读高三的小儿子把"都已经八十岁的人啦"的"啦"说得特别用力。

"我说过喜欢吗？"是母亲的声音。

"哎呀，奶奶耍赖！奶奶不是很喜欢俊马爷爷吗？咦，难道是讨厌？老实说，一点儿都不讨厌吧？"

"什么俊马爷爷，叫他爷爷听起来好怪，他不过像你这样大。"

"如果还活着，大概快九十岁了吧？"

"是吗，应该还不到吧。"

"不是说和奶奶相差七八岁吗？"

"那是说如果他还活着的话，但是他早就死了，所以不能这么说。年纪倒是跟你现在差不多。不过，虽然年纪差不多，可是他比你们温柔体贴多了，头脑也比你们好得多。"孩子们爆出"哗"的一阵笑闹，压过了母亲说话的声音。不知是谁，笑得头往后一仰撞到了纸拉门。说话的是二儿子，但同时也听得到读大学的大儿子和读中学的小女儿的笑声。在孩子们的笑闹中，好像为了配合他们的高昂气氛似的，母亲也发出夸张的笑声。真是热闹到不行。

"这些家伙这样逗奶奶不好吧。"听我这么说，美津答道："奶奶才过分呢。每次来我们家，总是抓着孩子们俊马先生这样、俊马先生那样地说个不停。""都说些什么呢？""说俊马先生个性温柔啦，是个十七岁就考上'一高[5]'的高才生，如果还活

5　一高："日本旧制第一高等学校"的简称，为今天东京大学教养学部、千叶大学医学部及药学部的前身，位阶高于现在的高中。

着的话，一定会成为不得了的大学者什么的。你看，说这些不是让孩子们更想逗弄她吗？还夸说俊马有一个弟弟武则也很优秀，但没有俊马那么厉害就是啦。前不久爸爸忌辰那天，我们不是请奶奶过来共进晚餐吗？那时她也是三句不离俊马先生。我就说，不要这样一直提俊马先生了，爸爸的事情多少也应该讲一下，否则对他老人家就太过意不去了。"

母亲开始不断地提起俊马先生的事我完全不知道。美津对此觉得很不可思议："奶奶谈俊马先生已经好一阵子了，你都没听说过吗？也许她不想在自己儿子面前说。——奶奶看起来很喜欢那个人，相当喜欢。""真没想到，老爸大概一直被蒙在鼓里吧。"我说。

关于俊马和他的弟弟武则这两个名字以及他们和我们家族似乎有些亲戚关系，我当然多少有些印象。他们应该算是母亲的堂叔。母亲的爸爸，也就是我的外祖父，和俊马兄弟是堂兄弟。这对兄弟因为很小就失去了父母，于是住到外祖父家，成为母亲青梅竹马的玩伴。俊马进入第一高等学校后不久亡故，弟弟武则也是在同一所学校就读时不幸早逝。两个人都是在十七岁那年去世的。由于十七岁就能够就读"一高"，所以兄弟俩真的都是母亲所说的高才生。故乡的家族墓园的东南角立着两位少年的墓碑，不过只有哥哥俊马改用了我们的家姓，弟弟武则却没有。我从小就知道家族墓园里好像有嫡系之外的逝者葬在那里。

当我知道母亲频频提到俊马后，我便开始不着痕迹地加以留意。只有我不知道这件事，母亲把俊马说得像自己的爱人似的，而且老是说个不停，连来家里帮忙的太太都知道了。我把这件事告诉桑子，桑子说奶奶绝对不会在她面前提的，不过他们的关系，在老家和亲戚之间却是人人皆知。她不跟自己的儿女提，应该是有所顾忌吧。奶奶现在看起来还懂得分别某些事情的样子。桑子这么告诉我。

虽然母亲一直提俊马，但所说的内容其实简单得很：温柔啦、优秀啦。有一天他正在读书的时候，看到母亲从庭院走进敞廊，就对她说"上来也没关系哦"。大概就这些，没有别的。当时母亲应该只有七八岁的样子。对犹是小女孩的母亲来说，有人跟她说"上来也没关系哦"，或许是一辈子都难以忘怀的记忆。除此之外母亲并没有说什么。没有说倒不是有话想说却没有说，恐怕是除了这几件事以外，其他的她都记不起来了。在母亲关心的所有事情中，只有关于俊马的种种，不管时隔多久，都没有从她的脑中消失。这一点和母亲脑中其他的占据者是不一样的。

每当我和弟弟、妹妹在一起时，我常常会提起这个话题。母亲在童年时代恋慕过亲戚中早逝的高才生，这是我们一致的意见，此外没有其他可能。从俊马已经改用了我们的家姓来看，或许他们从小就被长辈订了婚。还有每次谈起这个话题，一定有人说，即使如此，把共同度过一生的父亲忘个精光，然后俊马先生这样、俊马先生那样的一边倒，实在伤脑筋啊。这些说法每次都被笑声打断，但确实有些难以理解、超乎我们想象的东西存在于母亲身上，直到如今才展现在眼前，这让我们倍感惊讶，也难免让我们产生一种被欺骗的感觉。

自从知道这件事之后，当时我眼里的母亲和过去的母亲形象稍稍有点儿不同。

我和弟弟妹妹们对于母亲一辈子把童年时代的淡淡恋情深藏心底这件事，已经过了会觉得不舒服的年纪。即使父亲地下有知，大概也不会产生什么特别

三

的感慨吧。哦，有这种事吗？然后就让它过去了。想想已经事隔七十年，不管是我、弟弟妹妹们，还有家人，虽然嘴巴上还会说"真是让人伤脑筋的老奶奶啊"，其实大家心里反而有一种豁然开朗的舒坦。

我不准孩子们戏弄他们的奶奶，但母亲自己一来到家里就好像宣布新发现一样，开始跟他们讲"那个俊马先生啊——"，孩子们起初都是一副"又来了"的不以为然的模样，可等到母亲越说越来劲，他们再也忍不住非要说几句。母亲只要一提到俊马先生，脸上就会浮现出独特的害羞表情：其实不应该说的，不过，稍微说一下也无妨啦。话语中有一种犹如少女撒娇般的语调。由于母亲自己完全忘记这个话题已经讲到孙子们耳朵长茧，以致每次她的态度都好像这是她首次提起一样，讲述中有一种迷人的新鲜感。

每当母亲开始说起俊马的事时，我就注视着她的表情，带着观察昆虫触角动态的兴味。当然，母亲在我面前是绝口不提这件事的，我只能在母亲和孩子们对话时，装作若无其事地偷瞄：一点儿也看不出无所顾忌的样子，母亲总是带着踌躇、羞涩以及只有说话时才会有的苦恼表情。母亲这个样子，让我深信她在童年时代喜欢过少年俊马，而那种思慕之情一直持续到如今的高龄。这使我不禁感慨万千。被时间所侵蚀的母亲，言谈与表情却带着一种与衰老无关的哀愁。老年人独特的乐天笑声也好，偶然显露的释然表情也罢，对此我们有必要退后一两步默默注视。

"有人说，女人即使生了小孩，也不可完全相信她的心，是这样的吗？"我曾经问妻子。

"嗯，或许是这样吧，奶奶大概不是特例。"美津说这话时的眼神，好像在触探母亲的内心深处。她也坦言当她看着母亲时，脑中很难不浮现"人生一世，无非徒然"的想法。到底是值得，或是徒然，要看你审视的角度。你可以说一辈子的结发夫妻、肉身的联结，等等，并没有什么特别的意义，但从即使是细微到难以察觉的精神爱恋，都可以在一个人漫长的一生中持续而不会消失的情况来看，你也可以说，人生一世，并非徒然。不管抱持哪一种想法，就像母亲的哀愁神情一样，我和妻子的对话中也充满了伤感。纵观人的一生，确实有些时候人会觉得活着是一件无可奈何的事；我不得不接受并相信，这也是我眼中现在的母亲——一个活到八十岁的女性的结论。

去年夏天，美津的母亲在广岛的二女儿家，也就是美津妹妹家过世了。井上家族有着长寿的遗传，妻子的家庭也是长寿家族——美津的父亲在战争末期和家父一样以八十岁高龄去世，她的母亲则享年八十四岁。刚入夏的时候我们接到美津母亲病情恶化的通知，美津即刻兼程赶到广岛，照看了半个月左右，并于母亲弥留之际随侍在侧。我因为染患重感冒，没有去参加告别仪式，五月的探病之行是我最后一次看到岳母。

美津在葬礼结束后又在妹妹家待了大约两个星期，这对一向不喜欢离家太久的美津来说实在罕见。一方面母亲去世后她需要帮忙整理遗物，而且她多半是想，母亲不在后，这应该是她最后一次和妹妹长时间共处了。美津回家后在当天的晚餐席上谈到了她母亲临终前的一些事。她用"所有的奶奶都一样"般的语气，向我和孩子们描述了广岛母亲的情况。

岳母去世前一个月，开始呼唤曾经如母亲般抚育她的姐姐的名字：姐，给我开水；姐，给我吃药。不管想做什么，她都会呼唤姐姐。她卧病将近一年，去世之前头脑可以说比身边任何人都灵光，每天早上不忘指示别人代她往放着亡夫牌位的佛坛里供养清水，有时还会趴在榻榻米上对前来探望她的人行礼致谢。她没有一天不提到十几年前过世的亡夫：我的老伴这样那样、如何如何。突然有一天，她不再提到老伴的事，一个字都不再提，而开始只呼唤姐姐的名字。她呼唤姐姐的时候，用的是年幼小妹向姐姐撒娇的语气，这种撒娇的语气出自八十四岁的老太太之口，身边的人都觉得怪怪的。

"我去的时候，她也把我当作姐姐呢。——姐，您来啦？"听到妻子模仿的语气，长男说道："哇，好恐怖！""其实一点儿也不恐怖。年纪那么大了还发出如此令人难以置信的稚气声音，温柔而甜美，连看护都觉得很感动：瞧，开始呼唤姐姐了。——之后她逐渐返老还童，死前两三天终于回到了婴儿期。她含着手指吸吮，好像吃奶一样。根本就变成婴儿了嘛！"

我无法想象八十四岁的老太太吸吮手指的样子。据说岳母临终前，身体渐渐萎缩，所以看到她返老还童的过程，周围的人并不觉得这种现象有什么不自然的。美津又说："我看到广岛奶奶的情形，终于了解了我们家奶奶是怎么回事了。我觉得奶奶也是在经历返老还童的过程，而现在正停留在十岁左右。一定是这样没错。她不是忘不了俊马先生，而是回到了与俊马先生一起游玩的十岁时期。"

对于美津的这个看法，我完全没有反驳的余地。仔细想想，或许真是这样。小女儿说："这么说，奶奶现在真的是回到了十岁呢。你们想想看，那时她还没跟爷爷结婚，当然不会提爷爷的事了。她根本还不认识爷爷啊。"次男接着说："广岛奶奶跳得比较快，突然就变成了少女，接着是小孩，再接着是婴儿，然后就走了。我们家的奶奶身体好得很，说不定

三八

会在十岁停留好几年哦。俊马先生的事恐怕还有得说呢。"长男说："所谓返老还童，就是过去不断消失的过程。如果完全消失的话可能很好玩，可要是还有一些部分不会消失，那就很伤脑筋：让自己感到不舒服的部分消失，留下的都是自己喜欢的部分。——话说回来，我们真是太对不起奶奶了，让她被误会了这么久。"

我一边听着家人的对话一边想，不知道把岳母的情况直接套用在母亲身上是否合适，不过人似乎一进入老境，多少都会有这样的现象，母亲也不例外吧。过往的一部分完全消失无踪：关于父亲的记忆，母亲的大脑中好像已经一无所存；对自己子女的关心程度和年轻时期比起来，也所剩无几；她现在对孙子们有没有感情甚至也说不准。这样看来，或许母亲是用橡皮擦将自己一路走来的长长的人生之线，从一端开始抹净了。当然，这并非出自母亲的本意，拿橡皮擦的是衰老，教人无可奈何的衰老。它将母亲数十年的人生之线，从最近的地方逐渐擦拭一空。

父亲到老好像毫无失忆的迹象。父亲的人生犹如一条非常明显的粗黑线条，他在晚年既没有倒退回十岁，更没有变成婴儿。他以一个父亲的身份，握着他的孩子即我的手，然后结束了自己八十年的人生。尽管如此，他在辞世前几分钟或几十分钟，在没人察觉的情况下，让衰老拿着橡皮擦，将他生涯中的某些部分抹除了也说不定，不能说完全没有这种可能性。

总而言之，因为有这样的事，我向弟弟妹妹们发表了关于母亲回到十岁的看法："大概过几年奶奶也会吸吮手指头吧。如果变成这样，不是很可爱吗？"

桑子说："那你们知道奶奶近来最最关心的事情是什么吗？奠仪呐。只要听说老家什么人过世了，

四〇

她就整天吵着要赶快送奠仪，直到她相信我们确实已经汇款了才会罢休，真是受不了啊。拿着从以前到现在的奠仪账，谁谁给了我们多少，谁谁谁又包了多少——可是时代已经完全不同了，亲疏远近的变化导致有些家族和我们之间已不再行庆吊，可是奶奶完全不理解；何况币值和过去相比也差很多，这她也不管。——这哪像是十岁的人啊。"

和母亲一起生活、最了解母亲日常起居的妹妹提起奠仪的事，我和弟弟这才明白不能将母亲的情况简单归类为返老还童。妹妹接着说："奶奶说到奠仪的时候，完全就是一个特别正常的老太太。死等于奠仪，一听到谁死了，她就立刻条件反射式地说一定要回送人家奠仪，好像欠了人家多少钱似的。"

三

今年春天,我们商量了一个计划:我家的每一个人以及弟弟、妹妹家中有时间出游的所有近亲,一起陪着母亲到稍远的地方去赏樱花。这算是庆祝母亲八十寿辰的一次小旅行。我们计划先到川奈度假大饭店[6]住一宿,然后绕到下田[7],在那边新开张的饭店过夜,接着搭车越过天城山[8],回到老家所在的村庄。计划中我们回老家是要一起祭扫父亲的墓。我们提前一

---

6 川奈度假大饭店:位于静冈县伊东市的老牌高级度假酒店。
7 下田:位于伊豆半岛南部。
8 天城山:横亘伊豆半岛中央的山脉总称。

个月预订了饭店房间，同行的人数也早都决定好了，但一直没有告知母亲。这是依照桑子的要求，因为一旦被母亲晓得有这个计划，她就会每天从早到晚地提这件事，不断地重复问"到底什么时候要去"之类的问题，让身边的每一个人都烦不胜烦，所以我们希望到最后一刻才让母亲知道。出发前一天，我们才将这个计划告诉母亲。

尽管如此，也不知道她是从哪里听来的，四月初她就晓得她将和大家一起去伊豆赏樱花。出发前几天，她每天早晚都会打电话到我家来。桑子开了一家美容院，每天都要去店里工作，母亲就是趁桑子不在的时候打电话来的。看起来母亲非常在乎我们的行程中是否包括回老家一趟。不管是谁接电话，都会向她保证一定会经过老家，她听了就会说"哦，是吗，那就太好了"，然后立刻忘得一干二净。

出发的时候简直乱成一团。桑子和母亲前一天先到我家过夜，那是因为母亲担心我们到时候丢下她就走，一直焦虑不安，我们为了让她放心于是采取了这个措施。那天，我们分别乘坐两部轿车前往东京车站，当车子开到离家不远的转角时，母亲突然说道："哎呀，忘了拿很重要的东西，不过这也没办法，算了算了。"我们问她忘了拿什么，她说是手提包。坐在驾驶座旁的桑子说："没这回事，因为怕忘记，我在玄关处亲手拿给了母亲。"司机把车停下来，大家分别在自己的座位附近搜寻，却一无所获。我让司机把车子开回家。后来我们发现母亲的手提包挂在玄关侧边的一棵杜鹃的枝干上，手提包上面整整齐齐地放着叠好的手帕和手纸。我们完全搞不懂母亲为什么会将手提包放在那里。

弟弟、弟媳和两个孩子在东京车站等我们。桑子

四四

的姐姐，也就是我的大妹和她的丈夫因为有事不能参加这次旅行，但他们俩的就读高中的女儿和去年大学毕业后在证券行工作的长男应该会过来才是。由于他们还没到，母亲非常焦急。当我托运行李的时候，她就在周遭过往的人群中不断搜寻。有时她好像在车站大厅杂沓的人群中发现了外孙子和外孙女的身影，就会突然往那边巍巍颤颤地走过去。我叫长男和次男看好他们的奶奶。由于那两个孩子一直没有出现，母亲感到非常不安。当次男安慰她"还有三十分钟才会发车，不要担心"时，她突然大声叫道："哎呀，手提包呢？"大家不约而同地转头，看到她正在四处寻找。"在我这里啊。"小女儿说。长男轻声提醒小女儿："你拿了就应该让我们知道一下，免得大家跟着担心。"母亲听了就说："没关系，没关系，我来拿就好。"不晓得谁立刻用坚决的语气说："奶奶不可以！"

说着说着两个孩子也到了，于是大家开始往站台移动。母亲没走几步就停下来，说谁谁谁不见了，弄得大家心惊胆战的。每次我的两个儿子不是好言安抚她，便是说她几句。被孙子说的时候，她会觉得很不好意思，然后发出爽朗的笑声。我们坐上开往伊东的电车，车子启动后，一直忙着担心这个担心那个的母亲突然安静了下来，端坐在座位上，将手置于膝上，望着窗外。她专注地欣赏沿途的风景，仿佛这是搭车的礼仪似的。隔着点儿距离来看，把脸转向车窗外的母亲和上车前不同，完全沉浸在自己的思绪中，就像一个没有人陪伴、单独搭乘电车旅行的老太太。

　　抵达川奈度假大饭店后，我们一行人分别入住可以眺望开阔草坪庭园、面朝大海的房间。那时正好是樱花盛开的时节，就赏樱之旅而言真是太完美了。从房间的窗户向外望去，一丛丛盛开的樱花就像人造贴

四六

花，一动也不动地分布在庭园的各个角落，有如调色盘上的斑斑点点。我们虽然看不到海，但随着风力的变化可以不时听到海浪声。

晚饭前，我们分成几组在广阔的庭园里散步。到了饭店，母亲就忍不住一直抱怨："这就是伊豆吗？伊豆怎么会是这样？"话语中带着不以为然的语气。女眷们异口同声地对她说："很漂亮，对不对？"母亲的反应却是"尽管你们都说很美，可别以为我想的和你们一样"。这种时候的母亲就像个闹别扭的小孩，故意唱反调，看起来既像十岁的女童，又像八十高龄的老人。

七点钟，我们在大餐厅的一角将几张桌子并在一起作为晚餐席，然后不拘大人小孩，各自随意找了个位置吃起来。只有母亲一个人端坐在正中央。她大概有点儿累了，只喝了点汤，其他的料理几乎都没动。

她话说得很少,但始终面带微笑。这么多人为了她而会聚同乐,她心里好像蛮得意的。从这一点上来看,她的个性和亡故父亲的个性截然不同。

聚餐之后,大家先回房间稍作休息,不久便先后出去闲逛了。我和弟弟住在同一个房间,两个人难得见面,就留在房间里聊起来,聊的是一些亲兄弟之间才会聊的话题。白天的时候总有人在房间里进进出出,现在没人了,两边的房间都静悄悄的。弟弟走近窗边看了看庭园,说大家好像都去观赏夜樱了。听他这一说,我也走到窗边朝外看去。女眷和孩子们分成两组或三组,正穿过被灯光照得通明的草坪。离旅馆的主体建筑比较近的樱花被灯光照射,就像装饰画一样,从草坪的背景中浮现出来,但草坪另一端距离较远的樱花,则完全隐藏在夜色之中。记得大家在用晚餐时谈到,黑暗中的几株樱花才是最有看头的,现在他们应该就是要去那边。

过了一会儿，弟弟下楼去大厅前台。弟媳有事，第二天要一个人先回东京，我想弟弟可能是去处理车票预订的事。房间里只剩下我一人，我听到隔壁房间里好像发出细微的声响。照说不会有人留在那边，可我又想会不会是母亲没有出去。仔细一想，刚才从窗户边看到的那几组人影里，的确没有母亲。

我立即走出去，来到桑子和母亲同住的隔壁房间，一碰门把，门立刻开了。进去一看，母亲坐在离窗户比较远的床上。她的姿势就像白天搭电车时一样，安静端坐，手置膝上。

"刚才阿修过来邀请我，我说我想留在这里休息。"母亲说话的语气有些不悦，好像对自己一个人被留在房间里感到有点儿委屈。阿修是我的长男。我想先陪陪母亲，于是在窗边的椅子上坐下来，随即注意到面前的桌子上放着那个手提包。我拿过来打开一看，发现里面只有一本微微破损的笔记簿，此外什么也没有。我对母亲说："里面什么都没有呢。"母亲回答说："才不是这样，如果里面什么都没有，一定是桑子把东西放到她自己的手提包了。"母亲说完，好像有点儿在意，歪着身子准备下床来。我制止了她，她便回到原来的位置上坐好。我取出手提包中的笔记簿，打开来一看，原来是奠仪账。奠仪账上的笔迹是父亲的，上面写着人名或家号，对应的栏目里则记着金额。最前面一页的日期可以追溯到昭和五年[9]。我完全没有想到会在意外的地方看到意外的东西，忍不住抬头望着母亲问道："为什么要把奠仪账带在身边？"

听我这么问，母亲答道："里面真的有放吗？我

9　昭和五年：1930年。

完全不知道啊,就这样带过来了。"母亲就像做恶作剧被抓住的小孩一样,一脸的不好意思,想下床来把奠仪账拿回去。我把手提包递给母亲,又回到窗边的座位上。"好奇怪哦,我都不知道耶。大概是桑子放的吧。"母亲说完,故意装出一副想不通的样子,大概是想强化自己的辩解。桑子不可能把那种东西放进去,一定是母亲自己放的,而且也不是因为不知情才带了出来。

这时弟弟走了进来。"住宿的客人非常多,但每个房间里都空荡荡的,应该都去赏樱花了吧。"他一边说一边在我的对面坐下来。"明天的计划到底是什么?你们准备到哪里去玩啊?"母亲把手提包藏到背后问道,大概是担心我在弟弟面前又谈起奠仪账的事。关于行程安排,我已经跟母亲说过好几遍了,但我还是耐心地向母亲说明了第二天之后的行程,并且说要去祭扫父亲的坟墓,不过山路较陡,母亲恐怕上不去。

听我这么说,母亲身体前倾,状似在整理床单的褶皱,低头看着自己的手,说道:"扫墓我就不去了,那边的山路走起来很滑。我是想,今后对你们的父亲尽义务的事我就都免了吧。一辈子已经做了很多,这样应该够了。"母亲很难得像这样一字一句地将自己内心的想法清清楚楚地表达出来。我看着母亲,好像在看一个珍贵的东西。她好像突然从十岁的幼女回到了有心思的大人。她主动谈起父亲也是非常罕见的。这时,她抬起头来,并没有看我们,而是凝视着房间的某一点,仿佛在思索着什么,突然又说道:"有一次下雪的时候去接他,和隔壁的太太一起去的。道路都冻结了。"

从她的语气和表情,我可以看出她正沉浸在回忆之中。虽然她是在跟我和弟弟说话，却更像是在自言自语。她是在讲去什么地方接父亲的往事吧。母亲过往生涯中有若干阶段和雪国有关，比如生我的时候是在师团所在的旭川[10]；父亲接到退职令的最后任地，是当时师团所在的弘前[11]；并且在金泽[12]待过两年。因此，母亲所谓的出去接父亲，大概是居住在这三个北方都市时发生的事，但不确定是哪一个城市。

接着，母亲又用同样的语气说道："阿修他们好像都带便当，以前我也是每天都要准备便当，为配什么菜伤透了脑筋。"我和弟弟都静静地听着，这种时候我们只能保持沉默。母亲接着说："还要擦皮鞋。军人的长靴擦起来可费力了。"我总觉得现在母亲的

10　旭川：北海道第二大城市，曾为日本旧陆军第七军团所在地。

11　弘前：青森县地名，为日本最大的苹果产地，曾为日本旧陆军第八军团所在地。

12　金泽：石川县县厅所在地，为著名的美术工艺之都，曾为日本旧陆军第九军团所在地。

头脑里，好像有些部分正被一道X光之类的东西照射着。一道尖锐的光之箭刺进了母亲的头部，只有被照射部位所储存的记忆会重新苏醒过来，然后母亲将它们一一撷取，变化成语言从嘴里说出来。母亲一生中从不曾有意识地回忆过往。她的所有回忆，无一不是自然涌现。此刻的母亲却不是这样。她把父亲所带给她的辛劳记忆片段，从自己的脑中拉了出来，且讲话的语气带着点儿哀怨。

母亲停止说话时，弟弟插话道："奶奶，在弘前的时候，大家曾经一起去城堡赏花对不对？"弟弟留意到母亲回忆和父亲共度的过往岁月时，只是回忆比较辛苦的一面，所以试图引出其他比较愉悦的话题。母亲并没有跟随他，只是说："喔，有这回事？"然后转头看着我们。转过头来的母亲，脸上一点儿也看不到刚才全力思考以牵引出记忆时的那种紧绷的表情。

五四

"金泽卫戍病院的庭园举办过游园会,还记得吗?"弟弟又问道。可是母亲不为所动。

"还有,军医们的家属也会聚在一起,大家玩得好开心哦。"

"也许有这回事吧。"

"抽奖的时候奶奶还抽到第二大奖呢!"

"哪有,我可不记得有这样的事哦。"

母亲非常用力地摇了摇头。大概真的是毫无印象了。

"那,还记得这个吗?"

弟弟逐渐兴奋起来,努力回想一些母亲肯定非常开心的昔日片段,不停地向母亲求证。可是母亲几乎都不记得了。偶尔有些她还有印象,但也只是非常模糊的记忆片段罢了。过了没多久,母亲一方面对于要一一回答弟弟的问题感到不耐烦,另一方面大概是对大片的记忆空白感到不好意思,于是自顾自地说"哎呀,也该睡了",随即躺了下来。

我和弟弟趁此退出了母亲的房间。弟弟建议不妨去庭园走走,我说好。从饭店的主体建筑走出来,来到宽阔的庭园,放眼一看,许多房客的身影像小小的雕塑造型般散落在各个角落。成双成对的年轻男女为数不少。我们的家人应该也在其中,但难以确认。草坪上到处都是亮晃晃的灯光,人看起来反而显得很渺小,而且僵硬不搭调。

夜晚的空气既不热也不冷,拂过脸庞的微风带着海潮的气息。我和弟弟走入灯火中,径直穿过草坪,朝着右手边远处的两排樱树走去。弟弟一边走,一边以略微激动的口吻说道:"母亲现在把和父亲一起生活的愉快部分完全忘光了,偏偏只记得不开心的部分。人老了大概都会这样吧。"他对母亲的状况如此下结论。从离开母亲的房间后，弟弟好像一直在思考这个问题。"看看古老寺院的柱子就知道了，时间一久，材质比较松软的部分会被消磨凹陷，只有比较坚实的纹理会留下来。人差不多也是这样吧，欢乐的记忆逐渐模糊，那些痛苦烦恼倒记得清清楚楚。"

原来如此，我想这样解读也未尝不可。以母亲目前的情形来看，她的头脑算是难得的清醒。她从记忆的深渊中汲取出来的，是下雪天出门去接父亲的辛劳、准备便当的辛劳、擦军靴的辛劳。母亲把这些辛劳的记忆翻出来，作为可以不再去祭扫父亲坟墓的理由，列举给我们看。不过，我倒是和弟弟有不太一样的想法。离开母亲的房间后，我和弟弟一样，对母亲当晚的言语不停地反复思考。

母亲遗失了所有关于欢乐的记忆。同样的，不愉快的记忆也消失无踪。她失去了父亲的爱，也失去了对父亲的爱；父亲对她的颐指气使不再，而她对父亲的冷淡也无存。就此而言，父亲和母亲之间的借贷关系是彻彻底底地被清空了。母亲今天晚上追忆起的接父亲、擦军靴、做便当等事情，基本上不能说是苦差事吧。她在年轻时代做这些事情时，一定没有把它们当作苦差事。虽然不是什么辛劳之事，可是等到年纪大了以后回头一看，那些事有如长年堆积的尘埃一样，变成相当的重量积压在母亲的肩上。活着就是这样，时时刻刻都有看得见看不见的尘劳，飘降到我们肩上，而如今的母亲正在感受它们的重量吧。

我暂时没有和弟弟分享我的想法。我们不知不觉地走到了目的地的樱树下。盛放的小小花蕊成簇成簇地呈伞状遮覆在我们的上方。强烈的灯光并没有照到这个地方。附近只有一盏户外景观灯，淡淡的夜色包围着花朵，可以看到花蕊中透着点儿紫晕。

这个时候，好像要追赶之前的想法一样，我的心中又涌现出另外一个想法。尘劳这种东西，或许只会积压在女性的肩上，那是在漫长的婚姻生活中，做丈夫的留给妻子的无关爱与恨的东西也说不定。一天天，说不上是恨的恨意缓缓地积压在妻子的肩上。如此一来，丈夫成为加害者，而妻子就变成了受害者。

弟弟的催促把我的思绪拉回到现实中，我们离开花下，准备回饭店房间去。远远看去，饭店那偌大的建筑中，每一个房间都发出煌煌灯火。母亲就住在那些明亮房间中的一间里。我们离开时她是躺着的，不过我想现在她多半从床上坐起来了吧。衰老的母亲内心深处到底是怎样的构造，我无从得知，但母亲现在肯定端坐在床上。关于这一点弟弟并没有说什么，这样的推断大概只有作为子女的我们才能如此确定无疑吧。

月·之·光

一

在母亲八十岁那年,因为想把关于母亲的事做个记录,于是,我写下了既不能说是小说,也不完全是随笔的文章《花之下》,描述母亲衰老的状态。很快五年过去了,母亲今年八十五岁。父亲是在八十岁时过世的,算是高龄才亡故,而母亲又比父亲多活了五年;父亲死于昭和三十四年[13],到今天为止,母亲已经度过了十年的守寡岁月。

照说现在八十五岁的母亲应该比《花之下》八十

---

13 昭和三十四年:1959年。

岁的时候显得更加老态龙钟才对，但事实并非如此。不可否认，她的身体给人的整体印象或许有些缩小，她的视力变差了，听力也更加不灵光了，但体力并没有衰退。她的皮肤非常光滑，有时还给人一种变年轻了的错觉。她的笑容更是和大家印象中的老丑形象相差很远，显得非常开朗，一点儿都不怪里怪气。一如以往，她每天动不动就快步走到附近的亲戚家坐坐。总之不管从哪一点来看，都让人感觉不到她更老了。她既不会抱怨肩膀不舒服，也很少感冒。如果真要提变化，这几年唯一的变化，大概就是她的上排门牙处装了两颗假牙。我想，母亲这一辈子应该不会感受到满口假牙的不便和辛苦吧。

她不仅牙齿好，视力也不错，到现在看报纸都不需要戴眼镜，还可以自言自语般地念出以小号字体印刷的新闻提要，这是连我在内她的四个孩子都比不上的地方。"奶奶的身体真好,太硬朗啦!"我们兄妹四个每次谈到母亲的时候,总有一个人用带着赞叹的语调如此开启话头。

"奶奶也会四十肩、五十肩吗?"很快就要到这个年纪的小妹桑子曾经问大家,但没有人能够立即作答。一个人说,四十几快五十岁的时候,人的身体会出现变老的症状,即使像老妈这种身子骨也应该会感受到这种变化吧。另一个人则一脸怃然说,这种事大概没有人能躲得掉。如果真是这样,母亲的身子骨变老,唯一可能发生的时期,或许是父亲刚从陆军退役,隐居伊豆老家的昭和早期。父母初老,孩子们先后离开他们到都市生活,关于母亲身体的变化,只有父亲能够回答,然而父亲已经不在了。孩子们对于怀胎十月生下自己的母亲初次踏入老境——现在自己也已经或即将面对——时期的种种状况,只能说是一无所知。即使是亲如子女，也不太清楚自己父母的境遇，每当此时我们兄妹四个都会得出这样的结论。

母亲本来就生得瘦小，父亲过世之后她瘦得更明显了，以致整个人仿佛萎缩了一样。她的双肩和上身是如此之单薄，甚至令人怀疑她的身体是不是一个人的身躯。我将她抱起，感觉她的全身好像只剩下骨头的重量；我从一旁看着她起居活动，脑海中不觉浮现出"轻如枯叶"这样的字眼。说她这几年仿佛萎缩了，和轻重无关，只能说是一种无可奈何之感：从此以后，再无任何可能性的肉身来到了它的终点。

大约两年前，我梦见过母亲。不清楚地点在哪里，有点儿像故乡老家门前的街道。母亲一边大叫"救命啊，快来救我呀"，一边用力挥着双手。眼看着她就要被强风掳走，她却抵死顽抗。自从做了这个梦之后，我留意到梦中的情景和母亲实际的起居动作有一种微妙的类似，好像只要来一阵强风，她就有被吹走的危险。此后，我就觉得母亲轻飘飘的肉身充满了难以捉摸的无常之感。

当我伤感地说出我的想法时，大妹志贺子说道："如果奶奶只是给人无常之感，那该有多好啊。这么说吧，只要一个星期，不不，三天也好，你和奶奶一起生活三天试试，你就没有力气去发什么无常啊、空虚啊这些感慨了。到底要怎么办才好呢，我可是非常认真地想过的。根本无路可走，只有难过悲哀，好想和奶奶一起死了算啦。"

听大妹这么一说，我也好，其他的弟弟妹妹也好，只能无异议地同意她的说法。我也对自己不经意地说出犹如无责任的旁观者的见解感到后悔不已，于是赶紧换了个话题，以免又刺激到大妹。母亲现在住在故乡伊豆老家，由在乡公所任职的志贺子夫妇照顾。志贺子算是我们兄妹四个的代表,由她一个人承担照护衰老母亲的责任。毕竟是自己的母亲,作为女儿加以照顾也是应该的,可是以她现在的处境,她一定觉得兄妹中只有她不得不整天和母亲相处,简直像抽到了下下签般倒霉。

志贺子目前的处境,正是小妹桑子前几年的处境。母亲最近这几年生活上唯一较大的变化,就是被从东京的桑子家接到了故乡伊豆的志贺子家。从小女儿手中转到大女儿手中,母亲生活的场所也从东京变成了伊豆。父亲过世的时候,故乡只剩下母亲一个人。我们兄妹四个当然不能让老人家一个人住在那里,几经商议,最终决定由因为某些缘故搬出夫家,自己开了间美容院维生的桑子来承担照顾母亲日常起居的工作。事情的经过,我在《花之下》中交代过了。至于母亲,毕竟是被自己亲生的女儿照顾,心里虽然百般不愿意，最后还是同意搬到东京来。对于本来应该负起照顾母亲责任的身为长男的我，或是弟弟，母亲始终神经质地充满警惕。被自己的女儿照顾也就罢了，住到有外人的儿子家，门儿都没有。"这一辈子从没谨小慎微生活过一天，到这么老了，还要在儿子家为了怎么拿筷子而战战兢兢，我可不干。"这些话母亲说了很多次。这种时候的母亲，不管在谁看来，都是脾气古怪、冥顽不灵的老太太。

母亲和桑子一起生活了大约四年。在定居东京两三年之后的七十八九岁，母亲的老态逐渐明显起来。衰老的征兆早在父亲辞世前后即已存在，如今回想起来，当时倒也不是没有注意到，只是因为她的脾气变得特别拗，所以我们谁也没想到其实母亲的头脑已经被部分损毁了。

最早让我们觉得不能再轻忽的是母亲会忘掉自己

刚说过的话，一遍又一遍地重复同样的内容，而我们终于知道无论如何也没办法让母亲理解自身的状况了。

"奶奶您看，这件事您已经说过好几次了。"不管我们怎么提醒她都没有用。一方面母亲不相信自己会这样，另一方面她头脑比较清晰的时候，对此顶多也只是半信半疑而已。我们所说的话她虽然瞬间接收了，但也只是那一瞬间而已，过后即忘。我们无非是在徒然地向她发送一些只会在她脑中瞬间掠过、绝对不会在她心里留下任何痕迹的信息。母亲嘴里一次次说出同样的话，就像坏掉的唱片不断跳针重复一样。刚开始，我们看到母亲的这种情形，以为她对那件事特别在意，后来我们不得不改变自己的观点。只有一些曾经以特殊的形式刺激过母亲内心的事情，才会被刻录在唱片的盘面上，一旦被刻录之后，唱片就会机械式地在某些时点上一遍又一遍、执拗地回转个不停。不过那些事情到底是在什么理由之下被刻录在母亲脑中的唱片上的，没有人知道。有时是断断续续的，有时则是连续好几天不断重复个几十遍，然后也不知道是为什么，那些每天回放个不停的话会戛然而止，只能说，本来蚀刻在坏掉唱片上面的音轨突然消失不见了。有些音轨是一两个小时就消失，有些则会持续十几二十天。

在母亲口中不断跳针回放的内容里，有些明显是新近受了什么刺激才被刻在记忆唱片上的，有些则是在若干年前甚至几十年前遥远的过去被刻上的。年轻时代的记忆，是在记忆的汪洋大海中拣选出来的特定内容——至于为什么会被锁定，谁也不知道。总之只有特定的极少数内容，才会被仿佛要永久留存般刻录下来，而这些内容似乎非常淡定，它们会耐心等待，然后在不致太突兀的时刻出场。每当这种时候，母亲

七〇

讲话的方式总像是突然想起来什么似的,眼睛望着远方,把那些已然模糊的年轻时代的记忆慢慢牵引出来。这种时候,她的讲述有一种强烈的真实感。母亲自己好像觉得这是她第一次说这件事,已经听了不知道多少次的人当然会感到很烦,但第一次听到的人不会感到有什么不对劲。不过才几分钟的时间,当她又开始讲同样的话,而且说得好像在讲全新的话题时,人们才会注意到母亲的异常。

尽管如此,有客人来访的时候,只要时间不长,母亲并不会让对方觉得她有什么问题。母亲短时间的应对与常人无异,她不会说出什么不适切的话,完全表露出年轻时代善于交际的个性,表情亲切自然,专注倾听,有说有笑,让对方心中涌起独特的亲密感。可是只要和母亲再多谈一会儿,你就一定会留意到母亲的衰老症状。母亲自己说的话也好,客人说的话也好，都是暂时存在的；一眨眼的工夫，母亲就会把自己说的话和对方说的话忘个一干二净。

每天和这样部分被毁损的母亲从早到晚地相处的桑子，不大声叫苦才怪呢。

"如果不会将同样的事说了又说，她真是一个超好的奶奶啊，"桑子每次来我家时都会这么说，"如果要跟她答话，就不得不一直回复同样的话。可若是都不理她，哎哟，奶奶啊，可气呢。她会认为别人不拿她当回事。这种时候最叫人受不了啦。坏了的和没坏的全都混在一起作乱。真是，常常忍不住想说出那样伤人的话。"然后桑子就会跟我说："即使一天也好，真希望偶尔可以不必和母亲从早到晚大眼瞪小眼。"我想她说的也没错。

为了让在崩溃边缘的桑子喘口气，我不时将母亲接到家里来住。可是如果没有什么有力的理由，母亲是

七二

不会答应来我家的,这时担任说服任务的是我的弟弟。一旦母亲同意了,她来我家倒是挺干脆的。我们开车去接她的时候,她的皮箱里塞满了衣服,好像至少要待个七天甚至十天的样子。可她每次来我家,很快就会吵着要回去。她在陌生的房间里睡不好,又担心桑子的状况,才住了一晚就开始坐立难安。不过她大概也觉得刚来就走不好,所以总会勉强住两三晚。旁人看到她这样,实在替她难过,因为她的心已经完全奔向桑子家了。母亲待在我家的时候,或是到庭园里拔拔草,或是打扫房间,有时也会端茶给客人。她是个闲不住的人,不让她做点什么是不行的。不管她在哪里,一听到玄关门铃或电话响了,她就马上起身要去接,旁人好不容易才能把她劝阻住。有几次被她接到了电话,这时注意一听,她和人家亲切地讲话,好像听懂了人家的问题似的应答,可是电话刚一放下,她就发觉自己已经完全忘记了刚刚通话的内容，一脸的错愕沮丧。她上午时头脑比较清晰，多少可以记得一两件事情，一到下午就不行了，接完电话脑中一片空白。

母亲来我家的时候，一到夜晚孙子们总是喜欢围着母亲聊天。母亲对我和妻子多少有些顾忌，和孙子们在一起却非常开心。我从旁看着，奶奶和孙子们确实营造了极为热烈欢愉的气氛。在这样的聚会上，母亲对着分别就读大学、高中、初中的孙子们，总是谈及同一个话题：关于俊马、武则这两位亲戚中的高才生的故事。两人都是在十七岁左右考入"一高"，可惜不知道是因胸腔还是哪里患上疾病而早逝。两位都有良好的个性和禀赋，但要论温柔体贴，还是俊马好。她总是重复诸如此类的话。

母亲大脑中蚀刻的俊马和武则事迹的老唱片，只有在她来我家，和孙子们围坐谈话时才会回转。此

七四

外很难有其他解释。母亲在桑子和我面前从未谈及这个话题，可是和孙子们在一起，就会每晚而且整晚不止一次"俊马、武则"地说个不停。一开始母亲总是好像第一次提到似的跟孙子们说这件事，到后来变成孙子们抢先说这个故事，他们有时还故意把俊马、武则说反了来戏弄奶奶。虽然我严禁孩子们戏弄奶奶，但母亲在这种时候一会儿忙着纠正他们的错误，一会儿和他们争论某些观点，自己反而乐在其中，大概觉得他们是小孩子，所以并不会恼羞成怒。孙子们起初猜测俊马曾经是奶奶指腹为婚的对象，后来更相信这就是事实，我想这种猜测在一定程度上应该离事实不远。从俊马墓碑上的名字冠了我们的家姓来看，就算两人没有真的被指腹为婚，母亲大概从小就知道周遭的人都认定他们是未来彼此嫁娶的对象。如果再大胆一点儿推论，俊马过世后，武则就承接了哥哥的位置也说不定。只是过了几年武则也早逝了，才有后来我们的父亲以养子身份和母亲结了婚。这样想似乎也没有什么不自然的地方。从这样的设想来看，母亲坏掉的唱片确实反映了一个处于如此立场的女性潜藏于内心的情感。她一遍又一遍地复述关于少年高才生的事，周围的人看她这样不免会觉得怪怪的。

母亲现在几乎不提及父亲。父亲过世之后有一段时期，她就像一般的寡妇一样常常提到父亲，那也是因为家里许多事都和父亲有关。可是当她的头脑开始出现故障后，她就再也没说起过父亲。从这一点来看，我只能猜想要么母亲丢失了刻录父亲记忆的唱片，或者本来就没有配备过这样的唱片。

除了以上所说的，还有一个情况，就是母亲和东京的桑子共同生活期间，我们注意到她似乎将自己一路走来的漫长人生轨迹，由近而远地逐渐往回抹除，

七六

先是七十多岁，然后是六十多岁、五十多岁。母亲也没有提起过七十几岁、六十几岁或是五十几岁的事。倒也不是完全不说，上午头脑比较清晰的时候，母亲会回想一些时间上比较接近现在的事情，并以此为话题，但到了下午，母亲对这段时期发生的事情就完全失忆了。

当我们谈起这段时期并以此为话题时，母亲会歪着头说："真有这样的事吗？"一开始我们都怀疑她是不是假装不知道，其实她不是。这些事情在母亲的脑海里不是早已消失无踪，就是正在消失。母亲将自己漫长的人生之路反过来走，朝着出生的方向走回去，而相关的记忆也按照顺序被抹除了。有的部分完全消失无踪，有些则是一点一滴逐渐模糊的，还有一些则多少留下记忆的片段。

从上述观点来看，母亲不再谈起父亲的事，或是一再提起童年时代的事，并非完全不可理解。

我在《花之下》中所描述的，就是这个时期的母亲的境况。母亲在八十岁那年夏天，结束东京的生活，返回故乡。那是报纸开始报道东京空气污染问题的年代，桑子家附近也是车流激增。不管怎么看，东京已经不是安置老母亲的好地方。正好那时本来长住三岛[14]的志贺子夫妇在故乡的村子获得工作机会，开始回老家定居，我们就非常自然地把母亲托付给他们照顾。桑子照看了母亲好几年，已经疲惫不堪，渴望从母亲身边解放出来；而志贺子觉得让自己来照看晚年的母亲也不错。在母亲看来，与住在东京相比，当然是搬回熟人较多的故乡长住比较好。

预定离开东京那天，天下着大雨。前一晚母亲先来我家，然后从我家出发。周围的人都建议延后一天

---

14 三岛：静冈县中型城市。

七八

再走，可母亲不答应。她又似乎非常担心自己这些年长住的桑子家的门窗没有关好，一直到上车前还问个不停，而桑子就会说她几句。每次被训斥，母亲就会像小女孩一样脸红，并没有像平常那样恼羞成怒，我想是因为她的内心充满了返乡的喜悦吧。

二

母亲在东京居住的后期，偶尔会因为感冒或头晕而卧床一两天，大家都认为毕竟她年事已高，可她搬回故乡后再也没有这样。她脸色红润得叫人难以置信。她每天从早动到晚，忙个不停。别人家的婚丧喜庆，她都吵着要去，让相关的人感到为难。跟她讲八十多岁的老人不必为此抛头露面了，她也不听。有时会有邻里间的通告板送到家里来，她就拿着通告板出门，慢慢走到下一家，将通告板传给别人。从没见过她走路是慢慢来的。她会这样，肯定是心里觉得现在身负任务。对她来说，她平时爱快走，大概是因为快走比晃晃悠悠慢走更能让她那堪称硬朗的身体感到畅快吧。由于过目即忘，每次她把通告板送到下一家，家里人为了了解通告内容，还得特意到邻居家走一趟。真是越帮越忙！

母亲就是这样健康，完全不知疲劳为何物，至少周围的人都这么认为。每当家人在客厅聚谈喝茶的时候，母亲也会出席。瘦小的她陪坐在我们旁边，视线却总是落在外面的庭院：一会儿说小狗跑到院子里去了，说着就站起身来；一会儿又说叶子掉在庭院里了，然后又起身想去处理，根本坐不住。母亲每天好几次拿着扫帚和簸箕到庭院里干活，不容一片叶子散落在庭院。严寒时节家人不让她到院子里去，可是没办法整天看住她，母亲总是趁着大家不注意溜去院子好几次。看着娇小的母亲在地面冒出苔藓、霜柱高高顶起的庭院一角忙着清理尘垢，家人以为她一定冷得受不了吧，结果她反倒像是在锻炼一样，连感冒都不曾得过。

搬回故乡的第一年，母亲似乎多多少少恢复了一点儿记忆，但从第二年开始，她又退化到东京时期的状态，此后以极为缓慢的速度恶化。母亲不断地讲同一件事的次数比过去更频繁。我每次回去看她，一见面她问的总是同一个问题：路上有没有堵车？而且她会一直问个不停，思绪就是没办法从这件事转移到别的事情上面去。她这个样子既令人烦躁，也叫人神伤。在母亲看来，我返乡省亲这件事，她最关心的就是车行是否通畅；一旦她把这件事刻录到坏掉的唱片上，她就会一次又一次地跳针回放。我从故乡回东京时也一样。母亲一旦得知我要走了，与此相关的一些事就会被刻录到唱片上，在我真正辞别之前重复播放

八二

个不停。正因为这样，不管什么事家人都尽量避免让母亲知道，以致不管什么事对母亲来说，都像是突然发生的一样。我的省亲也好，返京也罢，对母亲来说都是突发事件。

与如此状况的母亲共处的志贺子，在兄妹省亲的时候，也会说出以前桑子在东京说过的同样的话。志贺子照顾了母亲两年后，大家都看得出她的疲惫以及明显的消瘦。她自身的更年期健康障碍当然也是原因，但主要还是长期照顾母亲而导致的心力交瘁。母亲每天从早到晚缠着志贺子不放。志贺子在厨房忙，母亲就在她身边站着；志贺子在玄关接待客人，母亲也会过去凑热闹，和小孩子黏着母亲一模一样。只要母亲来到身边，志贺子的神经就处于紧张状态。可要是母亲不在身旁，没看到母亲的身影，她又得到处去找。如果在屋子里找不到母亲，她就屋前屋后地找。因为是在乡下，房子占地将近七百坪,偌大的庭园成了志贺子的噩梦。来家里帮忙的,除了从东京时代就开始照顾母亲的同乡女孩贞代以外,还有前几年老伴去世守寡的本家婶婶,人手不能说不够,但没有一个家人感到放心。只要母亲在老家,家人就一刻不得清静。

"奶奶,这个我知道,您已经说过好几次啦。"

如果是志贺子这样说还好,要是贞代或婶婶这样说,母亲就会发火。虽然她的怒火随发随忘,动气的时候却是非常较真。她对自己亲生的孩子好像不会这样,对外人则是毫不客气。母亲动不动就骂人家"没有比你更坏的人了",或是说诸如"你最可怕了"之类口不择言的话,叫家人听了也心惊胆战。这种时候你就会看到母亲衰老的另一副面孔——一张有着娇生惯养小女孩模样的老脸,这张脸和我们记忆中脾性刚烈的母亲年轻时的脸并无不同,只是稍稍变了一点儿

八四

样子而已。其实只要她不乱发脾气,情绪平静,她重复不停地讲同一件事的时候反而看起来最慈祥。当大家都在笑,她不晓得是自己惹人发笑,也跟着大家笑起来,这时候的她简直就像一个天真无邪、没有长大的小女孩。每次我返乡省亲,总是会看见母亲的两种面貌。

搬回故乡后的两三年之间,母亲的记忆,从七十多岁、六十多岁、五十多岁一直到四十多岁时的记忆次第消失,记忆的消失比东京时期表现得更为明显。陆续消失无踪的往日记忆越来越多,母亲对于自己的老年期也好,中年期也好,既不曾回想,亦未曾说出口。我们想方设法将她某个时期的记忆加以恢复,在母亲身上设了诸多诱因,多半是毫无效果。

"没错,没错,好像有那么一回事。"母亲说得好像多多少少想起了什么,实际上她根本什么都不记得了。

"伤脑筋呐,奶奶。"每当有人这么说时,她有时就会笑着答道:"真的是伤脑筋啊,没办法,我就是痴呆嘛。"这话把周围的人都吓了一跳。虽然她说自己痴呆,但这并不表示她承认或自觉自己痴呆。对于周围的人提出各种不妥当的问题给自己造成困扰,她大概抱持着"我只要这样回答,你们就会满足的吧,那简单,要多少有多少"的心理。从她未加修饰的话里,我们可以感觉到一种若有若无的反抗。

母亲和担任军医的父亲一起,曾经分别在台北、东京、金泽、弘前等地生活过一段时间,所有这一切的记忆如今可以说消失殆尽了。因为她自己想不起来,属于那些时代的母亲的过往人生,也跟着被涂抹一空。不过,极为偶然地,当我们提到母亲空白时期的一些事情时,在一旁似乎听到了的母亲会突然插嘴说道:"对哦,这么说确实有这回事呢。讨厌,那真的是我吗？会吗？——话说回来，那是什么时候的事？"当她这么说的时候，周围每个人都看得出她脸上带着一种纯真的惊恐表情，仿佛突然发现脚下的悬崖，不由得要往后退的样子。她顿时陷入自己的思绪中，神情迷离，头稍稍歪着，好像正专注地思考着什么。也就是那么一下子，很快那种表情就不见了。

可能是因为回忆累人，又或许是根本什么都想不起来而放弃了吧，就这样母亲丧失了从七十多岁一直到四十多岁期间的记忆，然而我觉得那些失去的部分并不像是整个被涂黑，反而比较像罩上了一层雾气般朦胧。有些地方雾气较浓、有些地方雾气较淡，此外在雾气之中人还可以隐约看见一些难以清楚辨识的面孔。东京时期的母亲和回归故乡之后的母亲的不同之处，大概就在于雾气的浓淡吧。遮掩母亲过往人生的雾气越来越浓，范围也日渐扩大。

我们兄妹几个将母亲这样抹除自己人生之线的方式，理解为她是在逐渐倒退回到孩童时代。常听人家说，年纪越大脾气越像小孩，我们眼中的母亲确实就是这样。她从七十八九岁开始，记忆由近而远地一点一滴消散，慢慢倒退至更早的时期，好像一年一年变得年轻了起来。

对于这种退返现象，最早提出来的是我的妻子美津，那时母亲还住在东京。美津的母亲活到八十四岁高龄才去世，和我母亲不一样的地方是，她一直到生命后期头脑都不可思议地清晰，却在去世前半年记忆急剧丧失，与此同时快速地退回到孩童时期。当周遭的人注意到这种情况的时候，她已经开始用一种独特的撒娇语气，呼唤小时候非常照顾她的姐姐的名字。到去世前两三天，她竟然将手指放入口中吸吮，模仿吃奶的动作。

"结果都一样，只不过我妈妈是一下子变回婴儿，而这边的奶奶则是节奏比较慢。如果要回到婴儿时期，看样子起码还要二十年吧。"美津说。

起初我对美津的话半信半疑，但母亲回到故乡后，我、弟弟和两个妹妹很自然开始搜集周遭听来的各种相关信息。因为家有老母，所以不管谁遇到我们都会主动谈到老人的话题。

有一段时期，我们兄妹几个在老家常常交换彼此听来的故事。

弟弟说，沼津[15]郊区的农村有一个八十八岁的老婆婆，过世前两三年开始打手球[16]，也很爱玩扔沙包游戏，现在咱们奶奶大概也要开始玩纽扣弹珠了吧。桑子也从美容院客人那里听说，一个八十几岁的老婆婆，去世前两三年开始，用餐时间一到就等不及，两

---

15 沼津：静冈县著名的港口城市、静养地。
16 手球：日文汉字作"手鞠"，球形玩具，大小介于垒球和手球之间，以具弹性的蕨类纤维为芯，外面用丝线做几何形缠绕。手鞠过去是春节时才玩的游戏。

只手捂着眼睛大声抽泣。这类的故事非常多。虽然大多是老婆婆的,但也有关于老公公的。那是我从在杂志社任职的熟人那里听来的,他父亲高寿九十,到去世那年已经完全变成一个小孩子,有一天突然把一些衣物用包袱一捆要离家出走。家人找到他的时候问他想去哪里,他说要回家。因为老人本来是人家的养子,想要回邻村自己的原生家庭去。这个故事不禁让人心生敬畏,不得不重新思考所谓人的一生这件事。

"每一位老人,突然间都变成了小孩子哩。但是我们家的奶奶,有时像是十岁左右,有时又像三十几岁。像她谈到俊马先生的时候,应该是停留在十岁左右,可是最常提起的还是三十几岁吧,那个时期的事情说得最多了。"志贺子一说完,桑子接着说:"奶奶住在东京时好像也是三十多岁时的记忆特别多,如果现在也一样的话,那她还是停留在三十岁左右。这

九〇

可不得了啦，到哪天才会变成婴儿啊？"孩子们也插进来，你一言我一语地发表看法："那真想拜托奶奶退回到二十岁左右""如果退回到十五六岁也许就不会有现在这些麻烦了"，等等。

这时志贺子的丈夫明夫说话了，每天和岳母生活在一起的他自有看法。"奶奶的心境举止停留在多少岁虽然不清楚，但是也有单从年龄难以判断的变化，在这一年之中可以明显看得出来。奶奶对世上的事已经彻彻底底没有感觉了。认不出谁是谁来也还好，主要是她对来家里拜访的客人几乎毫无反应，以前是不会这样的。今年唯独碰到年轻女孩的时候，不拘对方是谁，她一定会问人家结婚了没有，如果已婚，就会追问生小孩了没。对女性，除了结婚和生育的话题，其他的她一概不关心。此外就剩下你们也知道的奠仪的事了。生死事大，可她一听到有人去世了，就马上去找奠仪账；认识的人死了，她脸上毫无悲伤的表情，只想到奠仪。"

听明夫这么说，我们想想也真是这样。母亲对致赠死者家属奠仪表现出异常的执着，是在东京时期的后几年开始的，但没有最近这么夸张，她几乎是机械式的反应，听到哪里的什么人病得很重，就把人家当作必死无疑，拿出奠仪账，确认必须回送的金额。不管看过几次，她还是一遍又一遍地确认；尽管确定了金额，但是现在的币值和以前的早就不一样了，她也没有能力去换算。所以对她来说，看不看奠仪账根本没什么差别，可是不这样她就坐立难安。

"拿了人家的奠仪，回送同样的金额，我想确实是人与人之间借贷关系中最基本的东西吧。虽然觉得怪怪的，但也言之成理。人不就是这样：出生、结婚、生育、死亡，仔细想想人生不过是这么回事。这和三十岁什么的并没有关系,和返老还童也没有关系。这一切,究竟该怎么解释呢?"

听明夫这样讲,我们也一时无言。做子女的看自己的母亲难免会多往好处想,女婿明夫对岳母行为的解读,则是冷眼旁观,不放过任何细节,所以他可以正确地捕捉一位失智老太太的行为中所蕴含的意味。我突然觉得,经明夫这么一说,我对母亲的衰老不得不重新思考。明夫说"这一切,究竟该怎么解释呢",确实,到底是怎么一回事呢?想象母亲的头脑仅仅是供坏唱片转动的地方,此外,或许还有类似小风扇的东西在那里转啊转,把母亲人生中不必要的杂质一一吹掉。开始这样思考后,我再看母亲的脸,就会看到不一样的东西——对我来说最重要的事情,我会一个个拿出来检视,然后一次又一次地说个不停。一直说个不停没什么要紧吧?你们老说我丢三落四的，那是因为我想把那些无关紧要的琐碎小事都忘掉啊。有什么事必须牢牢记住，不能抛到脑后？虽然去了台北、金泽、弘前等好多地方，但都没什么特别的啊，我把它们全都忘得一干二净了。关于你们父亲的种种，我也不记得了。当然，结缡几十年，不能说没有欢乐的时刻，但愉快也好、悲伤也罢，毕竟都是梦幻泡影，忘掉也不觉得有什么可惜的。把别人都忘了，记忆一片空白，这有什么好大惊小怪的？男人我是不太清楚，但女人至关重大的两件事就是嫁人和生小孩了，所以我对女人才会总问这类问题，不然要问什么呢？奠仪的礼数就是要还。这是我们遇到不幸的时候得到的钱，如果人家遇到同样的情况，我们当然要懂得回报人家。别人家里有人过世了，我们家里有人走了，这时致赠奠仪或收受奠仪，日子久了回头一看谁也没欠谁，也没有人占便宜，但这不是重点，重要的是人情义理。等我走了,我可不想在冥府被说是欠了谁一份奠仪!

明夫说的那些话,让我想了很多关于母亲的事,不过志贺子关于母亲和奠仪的特殊看法,又和妹夫的观点不一样。

"奶奶不是动不动就为了奠仪而吵闹不休吗?最近啊,我把奠仪账藏在奶奶找不到的地方。你们知道为什么?以前欠人家的奠仪之情一旦偿还了,奶奶就像泄了气一样仿佛随时要离世。奶奶啊,她根本是被那些还没偿还的奠仪悬丝般吊着呢。"志贺子说。

三

母亲在老家和志贺子一起生活进入第四年的时候，小母亲几岁的舅舅启一从美国归来。启一舅舅在明治末年二十一岁的时候渡美，第二次世界大战前在旧金山经营过美术商会，开过旅馆，就移民而言基本上算是成功人士，可是美日开战后，他和其他在美的日本人都被送进集中营。战后他放弃自己在旧金山的所有事业的权利，移居纽约，在白人经营的旅馆里担任经理，按照他自己的说法就是，以此度过祖国战败后的余生。

母亲兄弟姐妹共八人，母亲是长姐，启一是老二，还有最小的阿牧，除三人之外其他人已尽赴他界。也就是说八姐弟中，只剩下年长的两位和最小的一位在世。启一舅舅的回国多少和我有关。舅舅和舅妈光江都是美国国籍，没有子嗣，想要在美国终老是毫无问题的，但我在一次美国之行中顺道前往他们纽约郊外的公寓拜访，舅舅就接下来有限的余生应该回日本还是留在美国好，问过我的意见。我没办法给他一个自认为妥切的答复。

舅舅对生养他的故乡伊豆有一种近乎憧憬的思念，但他已经在美国生活了半个多世纪，如今年过古稀，身份又是美国人，所以他想回日本长住的念头让我感到不安。就我所见，舅舅、舅妈在纽约的生活确实非常寂寞，回到老家多少可以得到一些慰藉。不过一方面有住房的问题，另一方面返乡定居说起来简单，但肯定会遇到与美国纽约生活不同的难以想象的琐碎麻烦，而且只靠有限的退休金度日，到底在哪边生活比较有利，也很难说。

第一次拜访舅舅、舅妈的翌年，我又有机会前往美国，于是和他们暌违一年后再度在他们的纽约公寓见了面。那时舅舅已经下定决心要回日本。

"何况，你母亲还在，不是吗？"舅舅说。

我想母亲还健在这件事对启一舅舅归国的决定应该起了相当大的作用。舅舅在美国五十多年只回过一次日本，对当年见面时尚称年轻的姐姐的身影，想必念念不忘。我提醒他母亲已经不复当年，如今早已垂垂老矣。

"人老了，谁都一样，我可以做她的聊天对象嘛。我自己也是老态龙钟啦。"舅舅说。

舅舅甚至将日思夜想的在日本生活的老姐姐要坐的椅子都准备好了。或许长年旅居国外的关系，舅舅的外表看起来和白人没什么两样,思考模式也讲究合理性,而且带有宗教情怀。

就在那年秋天,舅舅、舅妈结束美国的生活,回到故乡伊豆定居。我是他们在日本的保证人。

舅舅在故乡安顿好之后,很快修建了一栋非常漂亮的洋式住宅,和母亲住的屋子隔着四五户农家,而母亲走过去只需要一两分钟的时间。舅舅、舅妈每天早上在小小的餐厅里将面包烤得焦黑,再用刀仔细地把烧焦的地方刮掉,然后涂上厚厚的奶油吃。他们一边用餐一边读报,吃完早餐一个上午也就过去了。邻居和亲戚们都称呼舅舅、舅妈为美国佬先生、美国佬夫人[17]。因为他们是美国国籍,这样称呼并不奇怪,但母亲对突然出现在眼前,自称是她的弟弟、被叫作

---

17 美国佬先生、美国佬夫人:原文为"アメリカさん"。"さん"为日语中对人常用的散称,无性别之分,中文里没有特别准确的对应词汇。原文带有亲切、半开玩笑的意味。

美国佬先生的人无法接受。母亲并不是反感这个称呼，而是一个被这么叫的人竟然是自己的弟弟，周遭的人也以这样的身份接纳他，她一方面无法理解，另一方面很不以为然。

母亲等舅舅、舅妈回国的过程也很让人伤脑筋。启一要回来这件事被母亲刻录在唱片上，大概有半年的时间，她每天回转重复播个不停。母亲早年就对弟弟妹妹之中年纪轻轻便远渡重洋的启一最有好感。如果启一在的话——这是母亲的口头禅。这个启一就要回来了，母亲的兴奋之情不是周遭众人所能想象的。

等到舅舅、舅妈真的回来了，母亲却从一开始就不是很开心。她打心眼里怀疑远道归来的这个人不是真正的启一。

母亲虽然每天都和过来串门的舅舅聊天、喝茶，可是她基本上是把这个人当作新认识的好朋友。套套交情没问题，如果说他是自己的亲弟弟、那个她一辈子都很喜欢的启一、遇到事情总是让她寄予满腔信赖的弟弟，她是无法接受的。

舅舅一开始对母亲非常亲热，但母亲的衰老程度远远超乎他的想象，同样一件事翻来覆去说个不停，时间一久，他便忍不住对母亲讲一些重话。

尽管如此，弟弟对姐姐的孺慕之情和孩子对母亲的孺慕之情是不一样的。每次我或桑子回去的时候，舅舅都会帮母亲开脱。

"姐姐最近很少会同样的事情一直讲个不停了哦。"他说。为了不让我们看到母亲失智的狼狈模样，他有时会小声斥责母亲，有时则会纠正母亲。这样的姐弟关系，在我们看来有点儿不可思议。舅舅先是耐着性子事事顺着母亲，等到耐心用完忍无可忍了，就开始发火："我再也不要见到你这个不可理喻的人啦。"然后扬长而去。比起我们这几个孩子,舅舅骂母亲的话可重多了。

舅舅对母亲是真情流露,母亲则从来不叫舅舅的名字,而是"美国佬先生、美国佬先生"地叫,而且多少带着点儿轻蔑,常常背着他说"那个美国佬先生啊"或"要不是那个美国佬先生的话"。就算如此,一旦哪天没看到美国佬先生,她就会一次次地去美国佬先生的家里找人。她常常是才去过马上就忘,转身又出门去找。

"奶奶到底知不知道美国的舅舅就是启一呢?"

每次回去探视母亲,我都忍不住问。和母亲朝夕相处的志贺子,对这一点也说不出个所以然来。有时她说母亲好像知道那就是启一,有时又说应该不知道。不管怎么说,这对老姐弟的互动,在谁看来都是舅舅比较委屈。舅舅总是帮母亲解围,到最后受不了便大发脾气，和母亲吵起来。舅舅好像是为了做这些事才回日本的。每天早上舅舅穿着烫得笔挺的西装裤，打着领带，套件毛衣，穿上皮鞋，一派潇洒地来访，不生气的时候就陪着母亲，发脾气了便怎么也不进屋，在庭院绕几圈散散步就回去了。当舅舅不肯进屋在外面散步的时候，母亲就会穿上木屐出去请他。见母亲出来请他，舅舅便摆出一副视而不见的样子，想避开走人。母亲可不会就此罢休，她走起路来比舅舅还快，一会儿就追上了，还追到舅舅前面去了。我常看见舅舅和母亲站在后院的蜜柑树旁谈话。两人有时像是仇人对峙，有时则只是普通老姐弟的轻声细语。这光景只能说母亲交了一个非常谈得来的茶友。

事情发生在舅舅归国的第二年，也就是去年夏天。有一天我突然接到志贺子打来的电话。那是明夫因为车祸住院，后来虽然出院，但仍需要借助拐杖走路的时期。志贺子对母亲生气得不行。

她长期照护母亲已经累得不成人形。如果只是这样，忍耐一下也就过去了，但母亲不知怎么想的，对养病中的明夫一见面就冷言冷语，净说些难听的话。"今天早上也是这样，'每天在家里无所事事，真是好命啊。'明夫虽然不当一回事，但说他不会不高兴也是骗人的。当然，她的头脑已经被损毁我们也是无可奈何，可如果只是对自己亲生的孩子这样就罢了，母亲正因为觉得人家是女婿才会说出那些令人难堪的话。说她头脑不清楚，在这种事上她可分得很清楚呢。如果我为此发脾气，她就说这是我的家，你们可以搬出去啊。事情要是这么简单就好了，搬出去我也落得轻松，但因为就是不能一走了之，弄得我疲惫不堪。我觉得我实在没有力气再照顾母亲了，何况最近母亲衰老得更加严重，一刻也不能分神。这不是重点，主要是现在明夫必须再住院半个月接受二次手术，我也得每天去医院陪他，如此一来，母亲怎么办？来帮忙的女孩贞代和婶婶两个人是应付不来的。至少在明夫住院期间，你们看谁能够接母亲过去住一下。"

这是志贺子的来电内容，接电话的是我。听筒那边传来志贺子的声音，不用说情绪非常激动。母亲肯定是把自己的女儿惹恼了。当晚我把弟弟和桑子叫到我家，一起商量关于母亲的事情。

"奶奶啊，终于把姐姐也惹毛啦。不过志贺子能够撑到今天，真是难为她了。"桑子说。

听桑子这么说，弟弟接着说道："爆发了。当然要爆发，每天这个样子谁受得了？"

问题是母亲愿不愿意到东京来。不管她愿不愿意，我们都得把她接过来。这和平日不一样，明夫的伤势眼看也不是短期可以痊愈的，何况我们将母亲放在志贺子那边这么多年,如今必须站在志贺子夫妇的立场上来考虑事情。大家思前想后,讨论的结果是先将母亲接到东京我家来,然后再送到轻井泽[18]去。我因为工作需要,在轻井泽有一栋专为避暑用的房子,如果能够将母亲带去那里,夏天在轻井泽生活说不定很合母亲的意。这是大家一致的期待。

商量出方案后一两天,桑子和弟弟一起回老家接母亲。我家则是比往年略早启用轻井泽的山庄,管家和女儿芳子先行前往山庄,做一些准备工作。弟弟和妹妹将母亲带到我东京的家中时,母亲老迈衰颓的模样让我几乎认不出来了。我认为可能是坐了四个小时的车太累人了,于是当晚请她早早就寝,让在故乡一直照顾她、这次也一同前来的贞代和桑子两人陪她睡。不过母亲几乎一晚上没睡着,动不动就醒来,然后抱着行李要下

---

18 轻井泽:群马县山城,海拔1100米,为著名的避暑胜地。

楼。整个晚上她都念念有词，吵着要回家。

天蒙蒙亮的时候母亲总算睡着了，睡到十点左右才起身下楼，这时她看起来已经没有昨天那样的疲态了。"庭院挺漂亮的"，心情不错的母亲还有赞美庭院的闲心。可一到下午就不行了。母亲一门心思地要回老家，缠着桑子吵个不休，还催促桑子，说如果不早点出发的话天黑之前就到不了家了。即使苦口婆心地跟她解释不得不接她来东京的原因，她一概不听。回家的念头占据了她全部的心，她连脸都变了样子。桑子有工作在身，没办法一直在旁边照顾母亲，所以在我家待了两三天之后就回去了，只是偶尔会过来照看一下。桑子不在的时候，她的角色则由我的妻子美津代替，没想到只得到反效果：在母亲看来，她之所以会落到如今的处境，都是美津策划的结果。后来变成母亲整天缠着贞代，就像对桑子一样，不停地吵着要回家。

母亲对我多少有些顾忌，在我面前会表现得好像并没有那么急着要回去，但还是希望最好今天或明天就能让她回家。到了晚上，桑子或弟弟谁比较方便谁就会过来陪母亲；有时两个人会一起出现。一开始大家都以为只要她不再抗拒，她应该会习惯东京的生活，很快我们都觉悟到这样的期待只是空想。到最后每个人都觉得，她是这么的想回老家，硬是把她留下来的话，她实在是太可怜了。就在这时，女儿从轻井泽打电话过来。她说连日的阴雨已经停了，今天开始有如夏日般的骄阳普照，可以考虑把奶奶带过来了。我告诉她奶奶在东京的状况，本来我们的计划就是要把奶奶送到轻井泽去，这样做当然很好，可是到了那边要照顾奶奶也够人受的，她必须要有相当的心理准备。

听我这么说，女儿芳子答道："我会照顾奶奶。我觉得基本上周围的人并没有设身处地为奶奶着想，才会让奶奶的脾气变得那么执拗。我会处理得很好的。我本来就喜欢奶奶，奶奶也很喜欢我呢。总之要照顾好八十四岁的老太太，就必须让自己的心情也变得和八十四岁一样。"

我从来没有听过女儿用这种语气说话，着实吓了一跳。在大学就读的女儿，对作为父亲的我照顾老母亲的态度，发出了称得上是斥责的批判。不过，同样从女儿的话中，我可以听得出来她对照顾祖母似乎抱持一种积极的态度："好，由我来接手照顾大家都束手无策的祖母吧，我一定会将她照顾得好好的。"问题是，这样的积极态度可以持续多久呢？

那天晚上，虽不确定母亲会有什么反应，但我还是硬着头皮跟母亲说要去轻井泽的事。已经在大学读研究生的长男直截了当地说："奶奶，到轻井泽去吧，那里非常舒服哦。"

"轻井泽吗？不错啊，在那里住个几天，应该会很享受吧。"母亲说。

母亲以前待在东京的桑子家时，曾经去轻井泽住过几天，这件事她好像还记得。

桑子赶紧趁热打铁："那过两三天我们就去轻井泽吧。"

"好啊。"母亲很平静地答道，看起来对于要去轻井泽感到很开心。

轻井泽之行，经过种种考虑后，我们决定开车过去，然后让个性体贴的桑子和弟弟陪母亲同坐一辆车人，负责照顾母亲。没想到临上车时，母亲突然絮絮叨叨地说回老家不带点伴手礼怎么可以。

桑子告诉她："我们不是回伊豆，我们要去轻井泽呢。"

听桑子这么说，母亲立刻回道："开什么玩笑，

一〇

谁要去轻井泽啊!我可是要回老家呢,其他地方我一概不去。"

桑子和弟弟从两边半推半抱地让母亲坐上了车子。

"不要担心。"桑子对我们几个送行的人说,然后转头对着驾驶座方向大声说道,"请载我们去老家的轻井泽吧!"

过了两天,我和贞代也一起前往轻井泽。抵达轻井泽时已经过了中午。我们把车子停在大门外面,沿着两边都是树篱的狭仄陡坡走上去,映入眼帘的是母亲蹲在庭院拔草的身影。一旁的芳子躺在户外用的藤椅上休息,弟弟趴在凉席上做日光浴,桑子则坐在看得见所有人的露台椅子上读书。面朝着我和贞代的母亲容色非常平静。

看到轻井泽这边似乎没什么状况发生,我松了口气。

"奶奶今天心情很不错哦。昨天有点儿恍恍惚惚，今天却变得非常利索，对不对啊？"

桑子这话一半是说给母亲听的。前天来到轻井泽，因为长途乘车的疲惫，母亲陷入轻微的错乱状态，为自己下车的地方不是老家而抓狂，一整晚都没睡好，让陪在一旁睡觉的桑子和芳子伤透了脑筋。昨天上午母亲的情况好转，她和大家在房子四周散步，还说来到这么凉爽的地方真好；可一到下午，虽然情况没有前天那般严重，但她还是一个劲儿要回老家，让大家手忙脚乱。

"今天算是最好的了。已经过了中午，看起来情况还挺稳定的。奶奶对于非得住在这里这件事大概也认命了。何况不管怎样，这里很凉爽，晚上可以睡得比较好。昨天晚上她睡得很香哦。或许是这样，头脑也得到了休息吧。"芳子说道。

一二

　　那天一直到晚上，母亲都没有再说过要回故乡的话。虽然一如以往，同样的话一直在回放，但我们现在对唱片跳针已经见怪不怪了。我们只要一直用同样的话和她对答就好，说不在乎是骗人的，但总比她动不动就抱着行李吵着要回家好应付多了。

　　从母亲的嘴里一直听到同样的话，而我们也以同样的一套话回应她，问题只在于我们忍耐的限度罢了；如果她说要回老家，就变成期望和否定的问题，身边的每一个人都不得不与一个八十四岁的老太太对立。既然说服她是不可能的，剩下的就是"我要回去"和"不可以"而已。母亲会疑惑自己这么想回家，孩子们为什么硬是不准她回去呢？我们有我们的难言之苦，不能回去的理由说得口干舌燥，不知道为什么，母亲就是完全听不进去。至于让我们几个最感到心虚和困惑的，是我们对于非得把母亲留下来这件事的自信越来越少,最终几近于无了。母亲说要回老家时的样子,和一个急切想回家,此外一切都不想听的幼儿没什么两样。她整个小小的身躯都在诉说着自己的愿望。

想要回家并不只是从她的嘴里说出,她的双眼也好,侧脸也好,甚至连她的背部都在大声地说"我要回家"。

我在轻井泽待了三天之后,母亲的心情终于平稳下来。或许就像芳子所说的,母亲彻底放弃了回老家的念头,也可能是习惯了轻井泽的作息,开始觉得在这里生活也不错的缘故。

我抵达轻井泽的第四天,弟弟、桑子和管家回东京去了。接下来就是我、芳子以及长年照顾母亲的贞代三个人陪着母亲。桑子他们回去的时候,母亲还送他们到大门口,等车子开走后,她说:"终于可以清静下来了,真好,真好。"

芳子有点错愕地说:"奶奶怎么净说些不近情理的话。"

"可是,真的是这样啊!"母亲笑着说,"如果你也想走的话,也没关系哦。"

"我想回去啊,可是走不了呢。我还得留下来照顾奶奶呢。"

"不用客套啦。"

"是真的。奶奶变成乖乖听话的奶奶之前,我和阿贞都会留下来陪奶奶的。"

"这是什么话!你是因为回东京就必须读书才不想回去的吧。"

"哎哟,好刻薄!"

听到祖孙俩这样的对话,我觉得母亲的情况逐渐好转,没什么好担心的了。

可是到了傍晚，母亲开始将日常用品装进手提袋里，然后又一直吵着要回家。

芳子和贞代为了分散母亲的注意力带她出去散步，但没什么效果。

之后母亲的退化状态时好时坏。只要归乡的念头一起，她就一个劲儿吵着要回去，不容商量，还想出一些奇奇怪怪的理由试图说服我们。可有时候她会毫无征兆地不再提这件事，好像原来紧揪着她的心魔突然放手了，然后她会若无其事地说："啊，再过不久，这里就要入秋了。"

她侧着脸专心倾听庭院草丛中秋虫叫声的样子，有一种难以形容的沉静，让人深受感动。有一天，母亲和芳子、贞代出去散步回来，突然对我说："刚才有一个女人向我们问路，我叫她跟着我们，好给她指路，可是她没有跟来。她现在应该很无助才对。"

"她不是在问路啦,她根本没和我们讲话,不是吗?只是我们自己在猜她或许是在找路而已。"芳子说。

母亲听了,正色说道:"才不是,她真的向我问过路。"

"没这回事啦。我们确实遇到一个女子,可是她并没有向我们问路啊。"贞代也说。母亲反驳道:"哪里,她真的问了。现在她一定很苦恼。可怜啊!"

从母亲的表情来看,她的确对自己的想法深信不疑。吃晚饭的时候,她不止一次地自言自语:"真可怜,不知道现在怎么样了。"语气听起来她是真的为那个女子感到心痛。吃过晚饭不久,芳子跟我们说母亲不见了。我和贞代到庭院找了一圈,但到处都看不到她的身影。我叫贞代往前门方向找,自己则从后门那边的小路出去。这一带多是占地极广的别墅,房子散落在绿意盎然的森林中,其间巷弄小道交错,虽不是私人所有,但连白天都少有人通行。我每到一个路口,都不知道接下来要往哪个方向找去。母亲到底是去了哪里,我完全没有头绪。

就在这时,我发现了正在远处一条小路上快步行走的母亲的身影。小路两侧耸立着冷杉和罗汉松之类的树木,整条小路犹如用标尺划过一样笔直,远处看起来变得尖细。母亲就出现在这样一条笔直延伸的小路的另一头。她有时会停下来,接着又快步前进。

这样的母亲,虽说让人感到有些不可思议,但给我的感觉她就像一个敏捷的动物,甚至还带着些野性。

追上母亲后,我什么都没说,只是请她回家。母亲照例又是一脸害羞的模样,说:"到底走到哪里去了,那个女人?"

这件事带给我相当大的震撼。因为这是母亲产生幻觉的开始。不过，如果要说是幻觉，那么母亲心心念念想要回去的故乡老家，在母亲的脑中翻搅的会不会其实都只是可以名之为幻觉的东西而已？

关于问路女人的事件，当天就从母亲的脑中消失了。第二天开始母亲又安静了下来，和芳子、贞代到庭院活动，或是一起出去散步。幻觉事件对母亲自己大概也是一大冲击，因此反而让母亲的心情恢复了正常。这次从离开故乡老家至今，母亲终于可以过几天平静安稳的日子了。

有一天，我从客厅看到露台上被芳子和贞代围着的母亲。

"阿苏秋色深，夕照映孤寂——"[19]母亲似唱似

---

19 阿苏秋色深，夕照映孤寂：出自明治时代歌人落合直文根据哲学家井上哲次郎长篇汉诗《孝女白菊诗》改写的新体诗《孝女白菊之歌》，该诗描写了孝女白菊对因参加西南战争而行踪不明的父亲的思念之情，感动了当时的社会大众。该诗被少男少女们四处传诵，也曾被翻译为德文和英文。对应这两句的汉诗原文为"阿苏山下荒村晚，夕阳欲沉鸟争返"。

念，然后好像在回想着什么。

"奶奶，您知道的东西可真多啊。"我走过去，对她说道。芳子马上附和着说："奶奶知道的确实很多呢。除了《孝女白菊之歌》，她还知道《石童丸和赞》[20]哦。"然后催促母亲说："来，奶奶，念给爸爸听听看。"

于是母亲就开始念诵《石童丸和赞》开头的一小段。

"听闻父在高野山？日日怀忧居无定——"她很快就停了下来，"全都忘光了。"她歪着头似乎在想

---

20 《石童丸和赞》：石童丸为日本中世纪佛教说唱作品《苅萱》中的人物。《苅萱》描述一男子繁氏因妻妾争宠，顿感人心丑恶、世事无常而出家，号苅萱道心。他的儿子石童丸因为思念父亲，和母亲踏上找寻之旅。石童丸沿途听说父亲可能在高野山修行，但那里禁止女性入境，于是他将母亲留在山下，自己一个人上山。石童丸在高野山上遇到一个法号阿的法师，法师告诉石童丸他的父亲已死，石童丸失望下山。等阿其实就是苅萱道心。石童丸回到山下，母亲已因不堪旅途劳累而去世。孑然一身的石童丸于是再上高野山，在等阿法师座下修行。《石童丸和赞》是根据《苅萱》改编的谣曲。

二〇

什么,突然又抬起头来,"对,有了,我还记得《雅加达书简》[21]哦。'再再拜申。宜先禀报不能忘:为父亲大人、祖母大人购荷兰布料五十码。'"

母亲吟诵如歌,周围的人都静默无声。

"接下来呢?"我催促她。

"真的什么也不记得了。只有《孝女白菊之歌》、《石童丸和赞》,对,还有《雅加达书简》,就这些。"母亲平静地说。

"奶奶净记得些悲伤的事情呐。"

听芳子这么说,母亲也没有特别的反应,只是重复说道:"真的什么也不记得了。"

母亲的脸上露出绞尽脑汁也想不出什么来的一贯表情。

---

21 《雅加达书简》:17世纪初期,因江户幕府的锁国政策而被驱逐出境的混血儿阿春从巴达维亚(今雅加达)寄回故乡的书简合集,里面因充满望乡的情怀而感动世人。也有人认为书信为伪作。

"爱别离苦[22]吧。"我脱口而出,把自己吓了一跳。我想紧紧揪住母亲的心的是爱别离苦没错。母亲让自己深深陷入爱别离苦的戏目里了。母亲亟欲回归故乡的心情,和《雅加达书简》作者思念故乡的无奈和苦涩,不正一样吗?母亲对不辨方向、日暮途穷女子的怜悯之情,不是和石童丸或孝女白菊歌谣中,笼罩主人公内心深处的永恒悲凉相似吗?

前面提到妹夫明夫曾说母亲的内心对身外的事物已经渐渐失去关心之情,如今只对结婚、生育和死亡感兴趣;从这个角度来看,或许现在还能影响母亲内心的,只剩下人生的爱别离苦。人的一生无非结婚、生育和死亡,而如此这般的人生中,无论如何也无法抹消、直到最后仍然留存的人与人之间的印记,就是

---

22 爱别离苦:佛经用语,人生"八苦"之一。"八苦"即生苦、老苦、病苦、死苦、求不得苦、爱别离苦、怨憎会苦、五阴炽盛苦。

一三一

爱别离苦。母亲在世八十余年，除了这些之外，再也没有什么会继续粘在她的精神与肉体上。母亲在现出衰老之相时偶有憎恨的情绪，但都是一时的，转瞬即逝。在母亲那轻如枯叶的身体和被损坏的头脑中，依旧活跃不辍的似乎是剔除了所有杂质，宛如蒸馏水般澄澈、极度素朴的情感。

那天晚上，我和来访的客人在阳台上对饮威士忌。九点左右客人告辞，不意又来了三位客人。我陪他们继续喝威士忌。等到这批客人走的时候，已是深夜两点。

我送客人出门后再回到阳台上，看到母亲穿着睡衣和同样穿着睡袍的芳子正在为睡或不睡而争论不休。母亲好像睡不着，只披着一件外套就想到阳台上来。外面夜凉如水，我不让她出来。我们转移到起居室的沙发上，由我暂时陪着母亲。在那里我又倒了杯威士忌来喝。

"奶奶啊,同样的事说多少次都没关系哦。反正我喝醉了,不会有什么反应的。"我对母亲说。

坦白说,当时的我确实是那样的心情。多少年了,我不曾和母亲像一般人那样放下一切,虚心对坐,反而总是在想怎样才不用听到母亲一而再再而三、颠三倒四的话语。不仅如此,我还必须非常用力,才能将斥责母亲、叫她不要再反复唠叨的想法压制住,不让斥责的话语脱口而出。这样的我和母亲面对面坐着,无非是和自己对抗的开始。这天晚上由于微醺,我有一种终于可以和母亲坦然对坐的心情,所以才说出那些话来。

没想到第二天醒来,芳子却对我说:"昨晚爸爸喝醉了,对不对?知道奶奶怎么跟我说吗?她说这家伙真是个怪人,一样的话老说个不停。"

我听了不禁大笑。我已经不记得自己说了什么话，当然也对母亲讲的话毫无印象。

"我很怀疑奶奶有没有把爸爸当作她自己的小孩。她老说这家伙、这家伙，感觉挺见外的。"芳子又说。

母亲待在轻井泽期间，每隔五六天志贺子都会从老家那边打电话过来。对志贺子来说，虽然已经将母亲托付给我们照顾，但母亲不在身边，她还是感到不放心。

"八月底之前明夫大概就可以出院了，如果能够帮忙照顾奶奶到九月中旬，那就太好了。轻井泽冷得比较早，我会找时间把奶奶保暖的衣服送过去。"

不知道是在第几次打电话来的时候志贺子对我这样说。最后她丢下一句"我听到奶奶的声音了哦"，随即挂断电话。

事实上，别说待到九月中旬，八月都没过半，母亲就回老家去了。一直陪在母亲身边的贞代因为有事不得不先回故乡，这件事对母亲产生了强烈的影响。母亲对这类事情的直觉之灵敏超乎想象，当她开始察觉贞代最近好像会一个人先离开这个家之后，《雅加达书简》作者强烈的望乡之念便执拗地纠缠着母亲。没有人知道母亲是如何感知到贞代要回乡这件事的。她在手提包里装满了东西，有时则是没换外出服便空着手往巴士站走去。已经没有人能够哄得住她了。到最后她甚至还说，如果一定要住在这样的地方，不如死了算了。对母亲说的"不如死了比较好"，芳子的反应也很绝。

"我要跟奶奶绝交！"她的态度很认真。

没想到母亲竟回她："我也要跟你bye bye！"

母亲超乎我们想象的用语把大家都吓了一跳。

桑子和弟弟在八月中旬前将母亲接回了老家。尽管这样，母亲还是在轻井泽待了将近一个月。母亲离去之后，有一天芳子对着盥洗室的镜子说道："志贺子姑妈在电话中说自己变胖了。托她的福，我好像瘦了一些。"

四

母亲回到老家后立即平静下来，不吵不闹。看来是因为在她吵着要回家吵得最凶的时候，我们让她实现了愿望，以致她一时没有什么别的要求，也就不再纠缠不休。我在入秋后离开轻井泽，立即出发回老家看望母亲。看到她的时候，我真想调侃她几句：已经回到这里了，应该没得抱怨了吧。然而根本不是我想的那样。母亲对前往东京以及后来被带到轻井泽的事，完全没有记忆。

"轻井泽吗？如果是那么好的地方的话，我会开开心心地跟你们去哦。"母亲说。

我问她是不是真的都没有印象,她说根本没有去过的地方,哪里谈得上有没有印象。

"那么,以前去过的印象,呃,你以前去过吧?"

"哪有?我根本没去过啊。从前就一直想去,可是到了这把年纪……"母亲甚至将好几年前去过的记忆都丢失了。她到东京的时候应该还记得,但仅有的一点儿印象也是转瞬即逝。倒是她的身体变得硬朗多了,脸上的表情和住在轻井泽的某段时期的表情相比,开朗得简直判若两人。倒是母亲不在期间,美国佬先生启一舅舅的身体却整个衰弱下来,当时连走路都有点儿困难,想过来看看母亲都不太容易。启一舅舅来一趟的时间,够母亲来回走个好几趟,而且他还得由舅妈扶着。

"要是把姐姐的脚力分给我一点儿多好啊。"启一舅舅每次来的时候总是这么说。

舅舅的脚不行了以后便不常到我们家,母亲则是每天要去美国佬先生家两三次。有时不知道发生了什么事被舅舅说了两句,母亲气呼呼地回来,说再也不去了。可不到一个小时,她就把先前的事忘个精光,又出门去找人家。只要是在老家那边,母亲的行动可以说是随心所欲,稍稍夸张点儿说,根本就是旁若无人。

"她已经完全变成一个任性的女孩了。都不能说她,反正说了也不听。"志贺子说。

秋末我们办了一场法事,是阿绣奶奶逝世五十周年忌。我从幼年时代起即离开父母身边,由阿绣奶奶抚养长大。对我来说,阿绣奶奶更像是我的母亲。虽说是奶奶,其实并没有血缘关系,她原是曾祖父纳的妾。曾祖父过世后,她的户口归入我们家,并自立门户,我母亲在户籍登记上算是她的养女。由于有这层复杂的关系,年轻时代的母亲对这位可以说是平静家庭的扰乱者、户籍上的闯入者的养母,没有过什么好脸色,两个人一直都处不来。

尽管是阿绣奶奶逝世五十周年忌,可是母亲对这位她自始至终没什么好感的养母的事,早已忘得一干二净。

"哦,是吗,阿绣女士的法事啊。"她嘴上虽是这么说,却已经不记得这个曾经与自己对立、名叫阿绣的女性了。

想到这五十年的岁月,我不无感慨。阿绣奶奶过世的时候我还是个小学六年级的学生,我至今还清楚地记得出殡那天的情景。从那时起直到现在,想到自己五十年来一步一脚印,不可谓不漫长,但相比于母亲已经把旧日恩怨彻底遗忘,那才真的叫作漫漫长路啊。对现在的母亲来说,是谁的法事无所谓,只要人多热闹她似乎就很开心。她对陆续出现的亲友忙不迭地表现她的好客之情："哎呀，百忙之中抽空前来，欢迎欢迎。"

每个客人都会对她说："奶奶的身体总是这么硬朗，真是太好了。"有人这么说是出自肺腑，但也有人背后还会加一句："哎，如果只是身体硬朗就好了。"

美国佬先生启一舅舅在法事结束后的宴席上，对同席的亲友讲述了他对阿绣奶奶的回忆。对阿绣奶奶是否抱有好感我不知道，但现在对阿绣奶奶的事知道得最多的，是年纪轻轻便离乡出国，如今已是美国人的启一舅舅。母亲也参加了这场宴席。我在距离稍远的地方看着母亲。她看似很专注地听启一舅舅讲话，其实人早已分神，陪在她旁边的贞代还得悄悄地提醒她。每次贞代这么做的时候，母亲就会把头转向正在讲话的启一，脸上露出一种难以形容的表情，尽

一三二

管只是短短一瞬。这时她的那张脸在我看来，甚至比二十三岁的贞代还要清纯、年轻。

辞旧迎新，今年正月中旬前后，我们兄妹几个难得一起回到老家，聚在年过八十五岁的母亲身边。这时志贺子先给我们打预防针，叫我们不要被吓到，然后说："你们也知道，奶奶从去年开始'阿妈''阿妈'地叫我。本来我以为是因为我那三岛的孙子来了，他叫我'阿妈'，所以奶奶也跟着小孩叫。结果根本不是这么回事。她好像真的把我当作她的祖母了。"

弟弟问她："奶奶这样叫你，是把你当作谁呢？"

"并没有特定的人，她就是漠然地把我当作一个所谓的叫'阿妈'的人吧。"

"那还真是震撼呢。"

"连自己的妈妈都把我当作老太婆，那我真是完蛋了。"

"她不觉得你是她的女儿吗?"

志贺子说:"有时她知道我是她的女儿,但相反的情况更多。对我都这样了,那美国佬先生在她眼中,大概是和她的启一弟弟完全不同的另外一个人。舅舅最近终于明白了,他会对母亲说:'虽然我跟你说什么你都不懂,但我还是要说,你有一个弟弟,他叫启一,这是他在对你说话。'他都是用这种方式和母亲说话,听起来实在好笑。"

志贺子又说,母亲常常从傍晚时开始产生幻觉。明明没有客人来,她也会泡茶,准备端出去给客人喝。有时是她觉得客人会来,于是去做这种事;有时则是分不清昨天、今天,她似乎是在为昨天的客人泡茶。

当我们兄妹几个以志贺子提供的信息为中心,围绕母亲的话题聊天讨论的时候,母亲在隔壁的起居室里安静地坐着。

一三四

桑子朝着母亲的方向说:"奶奶,我们在说你的事呢。""我知道啊。你们是在说我的坏话吧?一定是这样!"母亲若无其事地笑着说。这时母亲的脸非常好看。随后她很快又恢复为原来平静的表情,沉浸到自己回忆的世界里去了。我总禁不住地想,现在母亲到底在想些什么。分不清过去与当下,也分不清梦幻和现实,母亲在如此这般的世界存活着,时不时地,四个孩子的谈话声传入耳中,然而也转瞬消失无踪。

"蜉蝣荒冢无觅处。"我随口念出芥川龙之介[23]在短篇《点鬼簿》中引用的内藤丈草[24]的俳句,弟弟

---

23 芥川龙之介:日本著名小说家,代表作有《罗生门》《地狱变》《蜜柑》《杜子春》《河童》等。

24 内藤丈草(1662—1704):江户时期俳人,松尾芭蕉门人。

像是应和我一样念道:"梦披荒野旅病身[25]吧。"

启一舅舅走得非常突然。他的身体一向没有什么特别的病痛,只能说是自然衰老到今年变得明显起来。五月初他勉强和舅妈一起大老远地去沼津买东西,回来就不行了。回来的路上他呕吐、感到晕眩,一到家便立刻躺到床上,到了半夜呼吸就停止了。舅舅走得可谓是干净利落。他回国还不满两年。舅舅和母亲不一样,完全没有失智的症状。或许他不想像母亲那样,于是在变得错乱恍惚之前即先行离去。

启一舅舅的葬仪之日一早就下着小雨,但出棺的时候雨停了。出殡的行列在名为熊野山的小山丘又陡又急的山路上移动。到处都是小石头的土路泥泞不堪,走起来脚下很滑,路两旁杂树林的叶子因为下雨而显得特

---

25 梦披荒野旅病身:出自日本俳圣松尾芭蕉的最后作品。松尾芭蕉(1644—1694),江户前期俳谐师。除了大量俳句,他传于后世的最重要作品为其旅行随笔《奥之细道》。

别翠绿。启一舅舅出殡时我们走的路，和阿绣奶奶出殡以及父亲出殡的时候走的是同样的一条山路。母亲八个姐弟中每位亡故者的葬仪，我都走在葬列中，爬上同样的山冈送行。说到母亲的姐弟几个，除了最年长的我母亲和最小的舅舅阿牧，中间的六人如今都不在了。

我们将启一舅舅的骨灰坛放入土中，立好卒塔婆[26]，接着诵经、烧香。告一段落后我和桑子离开送葬的人群，前往不远处的家族墓地拜祭父亲。

由扁柏树篱围起来的长方形墓地上，竖着五方墓碑。父亲的、阿绣奶奶的以及俊马和武则的，另外还有一方完全没有刻字的小墓碑。没有刻上名字的墓碑，是曾祖父的助理医师家出生后不久即夭折的婴儿之墓，这件事我曾听谁说过。俊马、武则的墓碑形制

26　卒塔婆：梵文stūpa音译，或略称"塔婆"，汉译佛经则译为"窣堵波"。原是供奉佛祖舍利的覆钟形或塔式建筑。日本人用长木板制成"象征佛塔"，上书亡者戒名、皈依佛名、种子字等，立于墓旁。

较小，一如他们夭折少年的身份。我试着读出他们墓碑上所刻的生殁年月。字迹漫漶，上面还长着青苔，辨识起来有点儿困难。俊马殁于明治二十七年九月，武则殁于明治三十年一月。母亲是明治十八年出生的，我算了一下，母亲十岁的时候俊马去世，十三岁时武则也走了。

我把这些情况随口说出来，桑子便笑着说："奶奶还真早熟呢。不过这样的话，爸爸应该也没有什么好嫉妒了吧。倒是自己过世以后，自己的老婆把童年时代的爱慕对象毫无保留地披露出来，这种事爸爸恐怕无法想象吧。"

"完完全全出乎意料呐。"我说。

我用水清洗父亲的墓碑表面，桑子则将周边的杂草清除得干干净净。当晚，亲朋好友们和邻居相聚一堂，举行出殡后的酒宴。由于美国佬先生的洋房地方比较小，酒宴被改设在对门本家的大堂里。

大家正吃吃喝喝的时候，母亲出现了。负责做菜的邻居太太们在厨房里忙前忙后，正是从那边传来母亲的声音。我离开宴席前往查看。母亲以很凶的语气诘问那里的太太们："死去的不是启一吗？为什么都不告诉我一声呢？"母亲脸色惨白，眼睛狠狠地瞪着前方，一如她每次激动的时候那样。

"奶奶应该知道吧？"

听到有人这么说，母亲立刻回道："哪里！我才不知道呢。现在是第一次听说。"她喘着气说她第一次听到启一的死讯，赶忙赶过来。这时志贺子也来了。

"来，回家去吧。"

听志贺子这么说，母亲回头缠着志贺子问："你这家伙，为什么要向我隐瞒启一过世的消息呢？"她的表情非常严厉。

"隐瞒得了您吗？您自己不也说美国佬先生发生了不好的事？"志贺子说。

母亲用力摇着头，说："才不是，我什么都不知道！"

我和志贺子直接将母亲带回家里。回到家才五分钟吧，忽然听谁惊慌地说母亲不见了，我们不得不出门去找母亲。我们先去刚刚举行过酒宴的会场，但并没有看到母亲的身影，想到她也许会在后边美国佬先生家里，便走过去看看。大概知道舅妈想避开酒宴的喧嚣一个人待在家里，母亲如今就在客厅的椅子上和舅妈对坐。

看到我和志贺子出现在门口，舅妈立刻对我们说："奶奶过来烧香了。"

佛坛设在正对大门的房间里，上面放着悬挂黑色缎带的启一舅舅的照片，周围摆满了鲜花。

一四〇

舅妈走到站在门口的我们面前,说:"奶奶正在哭呢。"

我们走进房间,来到母亲身边一看,她的脸上果然泪痕斑斑。

我们将母亲带回家去,但那天晚上母亲又去了美国佬先生家两次,坐在放启一舅舅牌位的地方。一次是贞代陪她去的,另一次则是负责酒宴菜品的太太陪她去的。两个人都是被母亲缠得没办法才答应的。

"奶奶真的非常伤心,她的脸和平常完全不一样。"贞代说,"奶奶好像是觉得美国佬先生走了,启一也走了。难不成她认为白天是美国佬先生出殡,晚上的酒宴是启一先生的葬仪?"

贞代说明了她的观点,我却有点儿半信半疑。可是对比她对白天葬礼的无感和晚上她那撕心裂肺般的悲伤,好像除了用贞代的观点来解释之外,其他的都说不通。长年贴身照顾母亲的贞代自有她独特的看法。贞代的看法是否正确我不知道,但在头脑被毁坏、记忆一片混沌之中,母亲对一个人亡故的深刻伤悼之情,却是无可置疑的。在葬仪之夜的聚会上,大家的真情流露几近喧闹,或许母亲才是最最哀伤的人。

次日,我走出二楼的寝室准备下楼时,母亲已经去了美国佬先生家。我过去要带她回来,两个老太太在新设立的牌位前泪眼相对,看起来就像是一对感情深厚的姐妹。

舅妈身心俱疲,我设法阻止母亲不要过于打搅她,但没有任何作用。只要稍不留意,她就溜出门去。坦白说,过去舅妈并没那么欢迎母亲,但刚刚丧偶,悲痛欲绝的她似乎非常需要母亲的陪伴,所以母亲一天去几次她都不在意。每次志贺子发现母亲又不见了,就会条件反射式地说:"哎呀,又是去美国佬先生家了吧？"然后告诉我："奶奶走起路来比我还快，真是伤脑筋呐。刚刚她还在半路上停下来等我呢。"

葬仪结束之后我又待了两天，然后留下美津，自己先回东京。因为当晚有一个非出席不可的活动，我一抵达东京车站即直奔会场，等回到家里已经将近午夜十二点。刚一进门，电话就响了。电话是美津从老家打来的，说明天有一个老友讲好要来东京我们家，希望我赶紧跟人家取消。接着美津说："刚才奶奶可不得了啦。"

"跌倒了吗？"我立刻问道。

"不是，咱们奶奶啊，本来已经躺下来休息了，突然说你明明睡在旁边怎么不见了，于是又起来大呼小叫。我以为她还在穿衣服，转眼却发现她已经不在房间里了。她跑出去了，不过很快就被带回来了。"

"刚才说'你'——是在说我吗？"

"没错,你好像变成婴儿了。"

"不会吧?"

"正是,我是说真的。她说阿靖本来睡在这里的,怎么不见了,然后便开始闹起来——总之把我吓坏了。奶奶是在半夜不见的,她出去找你了。"

"她去了哪里?"

"五金行那边的路口,往长野的方向走去。"

"谁将她带回来的?"

"志贺子和阿贞。"

突然间我全身仿佛冻结了一般,眼前浮现的,是通往长野那条铺满白色月光的道路。一边是高出路面的田垄,另一边是田地,但呈阶梯状往溪谷方向下降。母亲走在这条路上,沐浴在白色的月光下,为了寻找犹是婴儿的我。

"挂电话了喔。"美津说。

我放下话筒，惶惶然站在那里，大脑中只有一个念头：我一定要到什么地方去走走。

如果母亲为了找我而走在夜路上，我觉得我也非出去找她不可。我虽然出生在北海道的旭川，但才三个月大母亲就抱着我回到了故乡的老家。母亲的行动若是起自那时候的幻觉，当时我一岁，而我一岁的时候母亲是二十三岁。我想象了一幅画面：二十三岁的年轻母亲为了寻找婴儿的我，深夜踽踽独行在铺满月光的路上。我还想象了另一幅画面：那是年过六十的我，为了寻找八十五岁的老母亲，一个人走在同样的一条路上。第一幅画面闪着冷冽而濡湿的光，第二幅画面仿佛被封印了一层诡异的东西。这两幅画面，立刻在我的想象中叠合成为一幅。上面既有婴儿的我，也有二十三岁的母亲；既有六十三岁的我，也有八十五岁满脸沧桑的母亲。明治四十年和昭和四十四年[27]合而为一,中间的六十三年岁月浓缩到月光中,然后扩散出去,冷冽和诡异也合而为一,中间被锐利的月光所贯穿。激动过后,我注意到自己刚刚接听妻子电话的瞬间产生了一种错觉。浮现在我眼前的通往长野的那条路,是我小时候经常走的路。读小学期间我几乎每天走那条路前往山谷的溪涧游泳。如今那条小路旁边已经盖了小学,还有牛奶公司的牧场。大概不久之前吧,路旁还出现了一间文具店。这样看来,现在的母亲好像又回头走到她二十三岁的时候,活在那时的世界里。如果母亲是二十三岁的话,舅舅就是十九岁,也就是他去美国之前的两年。母亲为舅舅的死而伤心欲绝,那应该就是二十三岁的姐姐在为十九岁的弟弟之死而哀恸吧。

我走到电话机旁,给故乡老家那边打电话。志贺

---

27 明治四十年即1907年,昭和四十四年即1969年。

子接的电话。我问她母亲现在情况怎么样,她说给母亲吃了安眠药,现在已经熟睡了。

"把大家弄得手忙脚乱,自己却一脸小姑娘的模样睡得香甜。大概是药效的关系,刚刚还大声打呼呢;现在已经不打呼了,睡得很沉很沉。我看她明天一早又会吵着去美国佬先生家。"

雪·之·颜

N文学奖[28]的评选会于十一月二十一日晚上在新桥的料亭举行。当评委们决定将奖项授予中坚作家O氏的作品[29]后,主办方准备了一席轻松愉悦的酒宴。不过我提前离席了,因为有点儿感冒,又想早点回到自己的书房休息,于是先搭车回家了。

在客厅喝了杯茶后,我马上走进书房。书房里已经铺好了枕被,由于毫无睡意,我便走到书桌前坐

---

28 N文学奖:应该是"野间文艺奖",为讲谈社主办、授予纯文学小说家和评论家的奖项,井上靖曾担任多年评委(1968—1988),也曾两次获奖(1961年的《淀君日记》和1989年的《孔子》)。

29 中坚作家O氏的作品:应该是指1973年第二十六届"野间文艺奖",得奖者为大江健三郎,作品为《洪水淹没我的灵魂》。

下。《世界》和《文艺春秋》两处的连载截稿日已近，不过那是明天的事，还是按照原定计划明天再写。今晚仅剩的一点儿时间，我就用来写文学奖的评选意见吧。反正也是我这两三天非做不可的事，不如先将它完成了。说好的篇幅是一张半稿纸[30]，结果我才写好关于得奖作品的评语，就已经写满了一张稿纸。虽然篇幅上还有点儿余裕，不过我还是决定不提其他候补作品，于是就此搁笔。

这时，在伊豆老家和母亲住在一起的妹妹志贺子打来电话。电话是妻子美津接的，但立刻切换到书房的分机上。志贺子告诉我，母亲的身体情况突然恶化，她已经请医生过来给母亲打了点滴。

"不要担心，应该不会有什么大碍吧，她的身

30　一张半稿纸：在手写时代，日本报社与出版社以原稿用纸页数计算文章篇幅与稿费；一张稿纸有两百字和四百字两种规格，但一般都是指后者。

体就是这个样子。"她说一个小时后会再打来电话告知最新情况，说完便挂断了电话。我抬头看了一下时钟，刚过九点。母亲今年八十九岁，因为是二月出生的，再过不到三个月就满九十岁了。最近这一年，母亲也说不上哪里特别不舒服，就是明显衰老，常常要躺在床上休息。我有时会想一向健康的她即使再活五年、十年也没什么问题，但有时又会觉得只要来一场感冒，她可能会因承受不起而离世。

我担心还会有什么紧急状况发生，于是要美津先睡，有电话打进来由我来接。十点半左右志贺子再次打来电话。她说母亲睡了，但是呼吸有点儿急促，她已经请医生在一旁照护，暂时不要离开。依照母亲过去的情况，她只要能撑过今晚，明天肯定不会有什么事，可我担心的就是今天晚上。志贺子非常冷静，但声音低沉不似平日。

我告诉志贺子,虽然我不认为母亲会发生什么紧急的大变故,但明天早上只要一安排好车子,我就会从东京出发,尽快赶回故乡的老家。我说完便挂上了电话。

我开始做一些回老家的准备。想到很可能要在老家待一阵子,我便将与预定明天开始执笔的两篇连载相关的书籍装进行李箱。此外,今年秋天热心的乡人在沼津郊外修建了一栋专门搜集和陈列我所有著作的文学馆[31]。开馆仪式预定于二十五日举行,我必须为出席典礼做一些准备,于是将典礼当天要穿的三件式黑色西装和衬衫等衣服放进皮箱。

半夜一点五十分,志贺子第三次来电:"现在,奶奶停止了呼吸。确切时间是一点四十八分。"这时我听到呜咽声。等呜咽声稍停,我转换了一下语气,感谢

---

31 文学馆:即位于静冈县骏东郡长泉町的"井上靖文学馆"。

她长期以来对母亲的辛勤照护,而且母亲对我们兄妹几个中,看护她最久的志贺子夫妇能够在最后一刻随侍在侧,一定感到特别欣慰。这是作为兄长的我对妹妹的感谢之意,也是对她的慰藉之言。我告诉她一切都等明天早上我回到老家后再说,然后挂上了电话。

我走到妻子的卧室,告知她母亲的死讯。美津好像并没有睡着,立刻从床上起来。我回到书房,电话又响了。是住在东京的小妹桑子打来的,她的声音意外的平静。桑子和我约好,明天早上八点她会从她家出发过来我这里,与我一同坐车回老家。

我一边望着客厅那边美津将母亲的遗照摆上佛坛,正准备烧香,一边恍惚想着母亲已经不在了这件事。不知过了多久,书房的电话又响了起来。我将电话切换到客厅的分机上,拿起话筒,就听到志贺子的声音。"明天,"——说是明天,其实也没几个小时了,"明天晚上开始守灵,照说后天就应该举行葬礼,但不巧后天正逢'友引[32]'之日,不适合出殡,所以葬礼推后一天,改在二十四日举行。"她打电话来,一方面是告知我这件事,另一方面也是和我确认如此安排是否妥当。这时母亲的床畔应该已经来了几位亲戚,听起来这些安排就是他们讨论的结果。大概由于紧张的关系,和刚才不一样,志贺子将每个字都说得清清楚楚的。我对她说,你现在或许无法入眠了,但多少也要到床上躺一下。

讲完电话之后,我和妻子就明天一天的行程做了讨论与安排。明天早上我和桑子先出发。美津则还要和已经分别自立门户的孩子们联络,加上将离家多日,也必须做一些准备,等到把这些事都做得差不多

---

32 友引:在日本阴阳道信仰中,友引特指事情无胜败之日,唯白天为凶,俗以葬仪为忌。

了，她再从东京出发，以赶上守灵。由于要带的东西不少，皮箱、提包之类的由我带走比较保险。

我尽可能地把自己的这部分先做了一下，将与丧服相关的衣服放入皮箱，其他的就让美津去忙了。我给自己倒了一杯威士忌加冰块，然后回到书房。母亲亡故才过了一会儿，做子女的就要将她的死亡切换成葬仪后事。自己慌忙地回乡，原是为了奔丧，如今变成似乎只是为了处理葬仪事宜而前往故乡。

我在书桌前坐下，喝了一口威士忌。至少在接到母亲噩耗的夜晚，我应该和母亲来一场母与子之间一生唯一的一次私密对话，但我并没有想做的念头。母亲活了这么久，终就还是不免一死。如今她将不思不想地静静安眠。她轻轻闭上眼睛躺在那里，永远不再醒来。

这些是我仅有的感慨。父亲在十五年前八十岁的时候去世，那时我也是在东京的这张书桌前收到丧报的。那个晚上也和今晚一样，坐对书桌等待黎明，但我当时倒是想了一些身为人子应该在父亲生前对他说却一直没有说的话。如今母亲走了，我却没有这么做。我感觉自己想对她说的话，在她生前已经都说完了，再没有想说的话了。

八点半桑子来了。我听到桑子的声音，于是走出书房，看到她正站在客厅和美津说话。桑子说，奶奶走得好突然，早知道会这样，之前的星期天要是去探望她就好了。桑子讲这些话，表示她对母亲之死的悲伤。我、志贺子、桑子和美津不知道从什么时候开始，不再叫母亲"妈妈"，改口叫她"奶奶"。看到母亲年纪越来越大，变得老态龙钟后，我们很自然就改口了。

我像昨晚在电话中感谢志贺子长年照护母亲的辛

劳一样，对桑子表达了同样的谢意。"你也帮了很多忙啊，奶奶她，你知道的……"听我这么说，桑子回应道："没有拖拖拉拉，说走就走，我觉得这很像奶奶的风格——从现在开始我就自由自在、无忧无虑啦，你们应该不知道吧，我坐的可是贵宾席哦！"桑子用手指止住即将夺眶而出的泪水，替母亲说出临终感言。

我和桑子匆匆吃过早饭，把要带的皮箱拿到玄关处。有的皮箱里装着出席开馆仪式要穿的西装，有的皮箱里则放了参加葬礼的丧服。连载的事因为这次情况比较特别，只好暂停一次，可是开馆仪式由于主办方已经给各界人士寄出邀请函，来不及取消了。葬礼在二十四日举行，开馆仪式在二十五日举行，如何转换心情对我来说将是一个考验，不过两件重大的事情没有撞日已属万幸，我一定不会让它们受到彼此的影响。

从家里出发时已将近十点。车子开上东名高速公路[33]。天气晴朗令人愉悦，我们可以清楚地看到富士山。

"奶奶啊，再过不久就可以庆祝九十岁生日了，真是的。"桑子说。

今年一过，母亲虚岁就九十岁了。儿女们已经把母亲的寿诞庆生当作讨论话题，没想到死亡抢先了一步。说母亲的死亡早了一步，事实上，我和妻子、桑子早就说好，二十五日要一起出席开馆仪式，之后绕道老家，陪母亲一两天，哪知道就差那么几天而无法如愿。不过就母亲而言，开馆仪式或者什么的她都无所谓。如果只是顺道去看她，或许她一点儿都不觉得开心。我对桑子说了自己的想法，她回应道："说的也是。奶奶就是那种脾气，如果顺道那就不用来了。相反，葬礼则是所有人为了奶奶而聚首，她应该没什

---

33 东名高速公路：东京到名古屋的高速公路简称，全长近350千米。

么好抱怨的吧。她肯定喜欢盛大的葬礼，人越多她就越开心。"

快接近御殿场[34]一带时，富士山一会儿在右，一会儿在前，一会儿又在左。从峰顶到山麓，富士山的所有走势一一展现在眼前，这是我第一次这样看富士山。到了沼津附近，富士山先是在右，然后变成在我们后面了。整个天空是澄澈的蓝，棉絮般纯白的云飘浮其间。我今年五月到六月前往伊朗、土耳其等地旅行，土耳其南部的天空之蓝、云朵之白，让我看得心旷神怡。这天在东名高速公路上所见的天空也好，浮云也好，宛如土耳其的天空、土耳其的云。因母亲逝世而归返乡里之日是令人愉快的晴朗好天，非常像母亲会选的日子。

我此前曾经写过两篇不完全是随笔，但也说不上

---

34 御殿场：神奈川地名，著名的富士山登山口之一。

是小说的文章《花之下》和《月之光》，描绘母亲年老的身影。《花之下》中的母亲八十岁，《月之光》里的母亲则是八十五岁。因此，母亲自《月之光》时期以来又活了四年多，直到如今突然去世。在她人生的最后四年里，前两年失智的情况非常严重，依然让周围的人忙得鸡飞狗跳，后两年伴随着身体的衰老，她的那些颠三倒四、吵吵闹闹似乎也失去了能量，虽然头脑的受损依旧，可是有时她会整天都很安静，简直令人难以置信。从这一点来看，可以说母亲获得了解放，她的儿女们也得到了赦免。

在《月之光》中，我描述的是八十五岁的母亲记忆消退的状况，她的记忆从最近的时期开始逐一消失，七十岁、六十岁、五十岁……最后回到十几岁到二十岁出头期间。《月之光》之后一年，母亲曾经来到东京，在我家住了二十多天。那是因为在老家照顾母亲的妹妹志贺子正好有事，不得不离家一段时间，于是让我们暂时接手照看母亲的工作。

那是大寒时节，趁寒气稍敛，妻子美津和前一年大学毕业的小女儿芳子结伴前往老家。两人在老家住了一晚，次日带着母亲搭车回到东京。母亲从老家出发的时候神情愉快，由于将离家一段时日，她还到附近邻居家辞别，然后兴奋地上车，好像也很享受沿途萧瑟的冬日风光；可抵达东京的家后，在客厅休息还不到一个小时，她就开始吵着要回老家。结果此后在东京生活的二十多天里，她每天吵着要回去，这个念头一直没变过。

上午或许因为头脑经过休息，她的表现不失理性："今天不回去不行了"，或是"住在这里挺舒服的，也该满足了，就是不放心老家那边"，等等，听起来都可以理解。可是从下午到傍晚时分，想回老家的念头一刻不曾停息,在她心中激烈翻搅、狂飙不止。这种时候她旁边一定要有人看着。只要稍不注意,她就抓起手提包走到玄关处要出门。劝她也不听,手轻轻放在她的肩膀上,她的反弹就像被施暴一样激烈。在诸多家族成员中,她对我算是最顺从的了,但在午后的狂乱时刻,我的话也起不了什么作用。这种时候,我非常怀疑她到底知不知道我是她的儿子。

直到白昼尾声,暮色降临,母亲才逐渐安静下来。一方面大概是她觉得要回老家,时间上已经不太可能;另一方面可能是闹了一天累了,人好像失去了支撑的力量,脸色变得异常平静。尽管外面寒冷,她还是会出去到庭院草坪上走走,或在我的书房门口探头探脑,然后乖乖地入浴,之后和家人共进晚餐。一天大约就是这么过的。

"奶奶,今天很辛苦哦?"听孙子们这样说,她就回道:"哪里,你们才辛苦呢。"

然而她并没有放弃归返老家的念头。她会煞有介事地说:"明天一早我就出发,你们不用送我了。"或是:"今天晚上我会跟大家辞行的,明天老家那边一定有一大堆人在等着迎接我。"

"那么多人,到底都是些什么人啊?"美津忍不住问道。

"呵,和府上可大大不同啦。那里有很多工人,院子又大,浴室里流出来的是温泉水,随时都可以泡个够。"母亲不客气地回答道。

"哇,奶奶的家,简直是人间仙境啊!"芳子说。

这时母亲将语气变得缓和一些,说:"欢迎你下次过去玩,那里还种了很多果树。厨房也比这里大多了,还有两口井呢。"这时候母亲的表情,和一个吹嘘自己家有多好的小女孩的表情一样。

吃完晚餐后,母亲在客厅的地毯上放一个坐垫,在那里待上两个小时。她有时倾听周围的人谈话,有时沉浸在自己的世界里。偶尔睡意来袭,她会坐着打瞌睡,等到醒过来,就一脸羞怯地整理衣襟。看到母亲有些不支,芳子马上站起来说:"来,睡觉觉[35]。"然后拉着母亲的手。如果母亲拒绝,芳子就说:"不行,不行。乖,睡觉觉。"芳子会熟练地让母亲站起来,几乎像抱着母亲一样,拥着她上楼。

服侍母亲睡觉是芳子的工作,这是她的特技,只有她才做得来。其他人如果想学她肯定学不来,母亲只吃芳子这一套。白天母亲陷入狂乱的时候,芳子也拿她没办法,而且母亲对芳子还挺凶的,就寝时却变

---

35 睡觉觉:原文用的是日本人对婴儿、幼童讲话的语气。

得百依百顺。我并没有亲眼看见芳子服侍母亲上床的情形,但芳子会说"今晚很顺"或"失败啦",然后跟我描述母亲就寝时的状况。

"我动作可利落啦。先帮她脱掉外衣,换上睡衣,盖好棉被,在肩膀附近的棉被上'嘭嘭'拍两下。接着将准备好的手纸、钱包和手电筒一起拿给奶奶看,说'全都在这里了哦',然后放在她的枕头旁边。最后再在棉被上'嘭嘭'拍两下。不这样'嘭嘭'拍两下,她好像觉得不放心。之后我退出房间,将卧室灯光调暗,稍稍在门口等一下。如果过了两三分钟她都没起来,就没事了。"我想芳子恐怕每个晚上都是这样侍候母亲入睡的吧。我很喜欢听芳子说这些,那里面有祖母和孙女独特的互动。

有一次,芳子对我说:"您知道奶奶是怎么看我的吗?我,是一个女侍应生。我总觉得是这样,而且很可能她把我当作比她还年长的侍应生呢。她一会儿撒娇，一会儿使坏——昨晚你知道怎么着，她把我整得很惨，然后丢下一句'你辛苦了，你快休息一下吧'。"

我们一向认为，母亲八十多年漫长人生的那条记忆之线，仿佛被橡皮擦从一端逐一擦掉一样，记忆渐渐消失，母亲最后回到十几岁到二十岁出头的时期。不过，尽管我们对母亲的这种观点没有改变，但母亲那次到东京后，看她白天的表现，我们实在很难说服自己母亲是处于十几岁到二十几岁的时期。当她被回乡的念头所苦时，她看起来是那样的世故，在她的言行中，你可以看到她有来有往、可进可退的一面。母亲比较单纯的时期，是她回到十几岁到二十几岁的年纪。一旦失去那种单纯，她马上就会显露出度过漫长人生，积淀了世俗智慧的样子。

只是这样的母亲，和两三年前的母亲不一样的地方，是先前回到十岁左右的母亲常常提起兴许曾是爱慕对象的俊马和武则两位少年的事——她每次提起都会被孩子们揶揄，现在都不说了。当然孩子们偶尔还会拿这个当话题，但母亲自己不再主动提起了。随着母亲日渐衰老，她年轻时代爱慕过的两位少年的身影，也在她的脑中逐渐模糊了。

当听到芳子说自己似乎被当作比母亲还老的侍应生时，我不禁想到，母亲变得比较单纯时，大概就是回到在祖父膝前任性成长的儿童时期。这是比对俊马、武则两位少年保持爱慕之情还要小的年龄。正因为此，她不再提起少年的事，开始活在幼年时代了。

母亲被带回到当时在三岛和老家各拥有一间诊所、意气风发的开业医生即祖父清司身边，好像是她五六岁的事。祖父没有子嗣，为了有人继承家业，于是将姐姐的儿子过继给自己，并帮他成了家，母亲就是祖父的养子夫妇所生的长女。由于母亲颇得祖父宠爱，以致祖父将母亲从她父母身边带走，放在自己的家乡诊所抚养。祖父那时已经计划将来帮孙女分家，找个对象入赘进来，然后让他们继承自己的诊所。后来也确实如此发展。总之，母亲因为祖父的溺爱，在多少有些异常的环境中成长。母亲的后天性格可以说完全是在这个时期形成的。无论什么事，只要不如她的意她就翻脸，自尊心又强，别人为她做多少事，她都觉得理所当然。可是母亲天生的个性，如充满同情心、凡事认真、广结善缘，和这些性格是完全相反的。这些对立的特质，在母亲漫长的一生中，分别支配着她不同时期的人生。母亲给某些人留下温柔的印象，却给另外一些人留下恶劣的印象；有的人觉得她以自我为中心、任性自私，有的人则觉得她个性开朗、善于交际。唯一让所有人无一例外感受到的，是她那强烈的自尊心。

不管怎么说,我认为母亲当时的心理年龄又退后了一步,退到被带回祖父清司身边,过着要啥有啥、随心所欲的幼年时代。这种设想总让人觉得豁然开朗,也让人感到获得了救赎。我不确定母亲是回到了五六岁还是七八岁,如果是这样的话,母亲从此将更加颠倒、失控,然后朝着越发任性的境地走去吧。在作为儿子的我看来,与衰老将母亲置于其生命的其他时期相比,让她留在幼年时代实在是我求之不得的事。随心所欲的幼年时代或许是母亲一生中最幸福的时期,如果她能够一直在这一时期的生活感觉中待着,内心应该就不会充满阴湿暗影。在白天,母亲自己阴郁不快,周围的人也都跟着心情暗沉。我多么希望她能够回到被许多人疼爱的幼年时期,虽然这时的她会被别人视为高傲和任性。

没想到,后来发生了一件让我的期待根本性瓦解

一七〇

的事。那是母亲在东京刚住满半个月的时候发生的事。有一天深夜，母亲出现在我的书房门口。她身穿睡衣，手里拿着手电筒，把头探进我的房间，发现我正伏案工作，于是一言不发地离开了。我跟母亲打了声招呼，她只是回了一下头，并没有说话。我猜想她大概是半睡半醒，便赶紧带她回到二楼的卧室。我让她上床睡觉，她不肯，摇摇晃晃地又想走去哪里。我觉得自己没办法处理这个情况，于是把在对面房间睡觉的芳子叫起来。经此骚动，不仅芳子，她的两个哥哥也都起来了。两个人都是两三年前开始进入职场的。深夜，大家围着母亲的卧床，犹如在开家庭会议。

"今晚奶奶去了爸爸那边吗？昨晚她到我这里来了。人家睡得正熟，突然一把手电筒从上面照下来，把我吓了一跳。太可怕啦。"次男说道。

"她也对我做了好几次。奶奶半夜醒来，一定会走进我的房间。就在隔壁嘛。她会拿着手电筒在房间里四处照,然后走到床边,瞪着我的脸看,看完后就出去了。起初我猜想她可能是找不到厕所,后来发现不是。离开我的房间后,她毫不迟疑地走去厕所,之后才回到自己的房间就寝。她根本是在前往厕所途中,特地绕到我那里的。"长男说。

"她是担心你在不在,所以去看一下你啦。"

听芳子这么说,长男立刻回道:"开什么玩笑,我可是要早起上班的人呐。她不去你房间吗?"

"来过一次,不过之后就没有再来。"

"不是不来,是你睡得太死了吧。"次男说。

接下来孩子们就在那里各抒己见,有的说奶奶大概是半睡半醒,有的说也许是梦游但也可能不是,有的说会不会是被幻觉所驱使。

"不管怎样,半夜被弄醒真的很困扰。前不久,奶奶把手电筒失手掉在地上。我陪她一起找，无论如何也找不到。我突然灵机一动往床下一瞧，手电筒就在那里。连手电筒都会自己乱逛啊。"长男说。

"不会吧。"这时母亲突然插话道。大家都转头看着母亲。"手电筒会走路吗？"母亲披着芳子帮她准备的丹前袍[36]坐在坐垫上。她完全忘记自己曾经到过楼下，所以对于被大家当作话题的中心很不以为然，甚至有点儿不满的意味，直到听到长男最后一句话，大概觉得相当不可思议吧，才突然插话进来。母亲此时的表情和前一刻的恍惚茫然完全不同，变得非常愉快，嘴角边浮现出小女孩般无邪的笑意。大家全都傻在那里。在芳子的协助下，母亲很快再度躺下来，我和两个儿子也回到自己的房间——好像母亲发出了解散命令。

36　丹前袍：一种防寒的厚棉袍。

过了两三天，母亲又一次在深夜来到我的书房。当时我正在书桌前工作，听到母亲踩踏隔壁会客室地毯的脚步声，我马上起身，打算到会客室去看看。对面通往玄关的门半开着，大概是楼梯的灯光透进来的缘故，只有一小块地方的物品浮现出各种轮廓，此外整个会客室可以说是全黑的。黑暗中，母亲拿着手电筒站在那里，穿着蓝色睡袍的芳子睡眼惺忪地在她背后摇摇晃晃。

"妖怪啊。"我不禁脱口而出。

当时在洋式客厅当中站着的两个人，在我看来仿佛飘荡的鬼魂。我前一年访问中国的时候，在上海的上海越剧院看了一出名为《情探》的戏，里面有一场戏是龙王、服侍龙王的侏儒和女鬼乘着祥云，沿着长江飞往都城。母亲借着手电筒的光在书房入口处东瞧西看的画面，像极了《情探》中的侏儒在长棍前端点上磷火窥看下界的情形;至于芳子呢,或许是蓝色睡袍的效果,看起来就像化为厉鬼的女子[37]。

"很辛苦哦。"我对芳子说。

"好想睡觉却被拽了起来!我以为她要回自己的房间,没想到却下了楼。总不能不管吧,多危险。"芳子接着说,"她先瞧瞧妈妈的房间,然后是这里。"

"她到底在找谁呢?"

"我觉得不是这样,应该是觉得若有所失吧。半夜醒来,发觉这里不是自己的房间。这间不是,那间也不是。一边这样想,一边一间间查看。"芳子说。

我将母亲和女儿送回二楼房间后,由于不觉得困,于是拿了瓶威士忌走进书房。在母亲衰老的身体

---

37 化为厉鬼的女子:这里说的是《情探》中著名折子戏《行路》中的一节。《情探》改编自明传奇《焚香记》,故事大致如下:书生王魁落难山东,得到名妓桂英相助,两人在海神庙山盟海誓。王魁进京赶考高中状元,入赘相府,抛弃桂英。桂英向海神爷诉冤后投缳自尽,化作鬼魂,在海神爷的帮助下活捉王魁。龙王其实是海神爷指派的判官,侏儒是带路的小鬼。

里，到底是什么力量驱使母亲在深夜做这些事呢？就像芳子说的，她或许是在寻找老家那边自己的卧室，或者她整个人回到幼年时代，一颗稚嫩的心为了寻求什么而迷了路。好几天前设想的所谓的高傲小女孩的形象如今已遍寻不着，取而代之的是孤独而灰暗的母亲的身影。把母亲的深夜行动解释成幻觉所致或梦游也说得通，尽管母亲的行动不能说是正常，但她的一切反应都是有迹可循的。看到母亲变成这样，我深深地觉得不能再对她目前的处境置之不理了。

母亲在东京只住了二十多天。当初我们将她接来的时候，本来希望至少能照顾她一个月，但母亲一天也不想在东京待着，于是在志贺子时间方便的时候，我们提前结束了母亲在东京的停留。一直到出发那天早上为止，我们都没让母亲知道归乡的计划。

归乡前两三天，书房旁的梅树绽放白花，母亲看到后似乎受到刺激，整天喃喃念着老家梅树林的事："土埌库房后面有一片梅树林，有红梅也有白梅，它们这时候会一起开花，现在想必是盛开的时节。"她将同样的话说了又说。刚说过的话转眼就忘，于是她一次又一次地说个不停。老家的梅树虽然谈不上是梅树林，但一直到大正初年前后，老家的庭院里确实种了不少梅树。只不过如今仅存几棵而已，土埌库房也不在了。

　　母亲现在就要前往那有着梅树林的故乡老家了。我和前一天晚上先来我家会合的桑子同行。因为开启旅程是在母亲头脑比较清醒的早上，母亲在车上心情非常愉快。桑子问她知不知道我们要去哪里，母亲开朗地笑着说："我怎么知道？头脑痴呆真是拿它没办法呀。估计是要回老家吧？"她是真的不明白要去哪里，还是头脑迟钝但多少知道这点儿事，我和桑子也不太确定。

一回到老家，母亲真是开心极了，在家里到处走到处看。等吃过午饭，她和我一起走到庭院时，她对今天刚从东京回来这件事早忘得一干二净了。充满荒废气息的庭院点缀着几棵梅树，有红梅也有白梅，由于都是老树，所以总共没开几朵花，红白色泽也显得有点黯淡。她在东京时是那么想念老家的庭院，如今终于可以行走其间。虽是同一个庭院，但和她在东京骄傲地形容的庭院相差很大。很可能老家的庭院曾经让幼年时期的她感到自豪，所以她强烈地想要回来，只是在东京时我们无法让她如愿。"奶奶，您一直说梅树林、梅树林，梅树林已经不在了呢。"听我这么说，母亲点头道："是啊，现在已经没多少梅树了。"她的语气非常平静。她的话到底有多少真实性我不知道，但从她所讲的话中，我可以感觉她是站在几分荒废的庭园中怀想这个家往昔的盛景。那天晚上，我向志贺子夫妇简要说了一下母亲在东京的情况，包括母亲的深夜行动。

"在我们这边也是一样。如果一个晚上只发生一次，那还算好的了。在这里她一个晚上会起来两次，有时候是三次。她起来后先是查看我们的房间，接着去厨房，穿过储藏室，最后经由走廊回到自己的房间。"志贺子说。如此说来，芳子关于母亲在半夜寻找自己老家房间的猜测并不成立。母亲到底为什么会在半夜到处走动呢，这成了我们话题的中心。

"到底是为什么呢？以前没有这个现象，直到大约一年前——我起初以为她是担心门没关好，但看起来应该不是。最近呢，我忍不住想奶奶是不是变成小孩，在寻找她的妈妈呢？查探房间的时候，她是看着我，但一副'不是你'的表情，然后移开目光走出去。在东京也是这样吧？半梦半醒中的小孩寻找父母时常常会流露出这种眼神。"

听志贺子这么说，我想起我在母亲两次对我的深夜探访中看到的就是这样的眼神。她虽然看着我，但也不能说是在看我，感觉眼神稍微碰触就会立刻闪开。小孩急切寻找母亲的眼神，我想就是这么回事。由于每天晚上被母亲探视，志贺子对母亲的看法有很多是我没注意、听了恍然大悟的。

"我的看法和志贺子的有点儿不同，"志贺子的丈夫明夫说，"那应该是母亲在寻找小孩吧。记得有一次，她说婴儿时期的你不见了，冲出门外，惊动了大家。她半夜到处走动是从那时开始的，所以我觉得她会不会是为了寻找小孩才里里外外到处走。发生上次那件事的时候，母亲嘴里一直念着你的名字，可能是在找刚出生不久的你也说不定，但现在好像又不一样了。她并不是在寻找特定的孩子，而是忍不住要寻找小孩，就像母猫寻找小猫崽，我感觉是这样。一般来说，小孩寻找母亲的时候会充满哀伤，但是奶奶的情况并不是哀伤，而是恐慌。那应该是母亲寻找小孩时的表情吧。"

毕竟是明夫，只有每天和母亲相处，才会有这样的看法。

"可是，奶奶不是只有恐慌，也有哀伤啊。我看着奶奶四处走动的背影，首先感觉到的是哀伤，所以我觉得很有可能是小孩在寻找母亲。如果说两种感觉都有可能的话，我还是要说孩童寻找母亲的感觉比较接近奶奶的个性。"

志贺子说完，桑子接着说："没错，说她像是小孩寻找母亲比较说得通。不过，到底应该是什么呢？是变成一个小孩在寻找母亲，还是一个母亲在寻找小孩呢？——除了问奶奶本人，没有其他办法可以知道答案。"

"哎呀,就算是问她本人也无法知道答案,这才伤脑筋啊。"志贺子说,随后又模仿母亲的语气说道,"我可不知道哦,我不记得做过那种事哦。"

"对啊,奶奶应该是不知道吧。奶奶做的是连自己都不清楚的事。我唯一能够想到的就是,怎么说呢,奶奶是在灵魂出窍的状态下恍恍惚惚到处游走的。昨晚我在东京和奶奶睡同一个房间,她半夜又起来了。我想既然碰巧遇到,不妨进行了解,于是跟在她后面走。你们知道吗,她的举止怎么看都觉得像是一缕幽魂在那里飘荡。说是飘荡,并不像是被风吹着四处飘,更像是被一个什么东西推着走。在奶奶自己浑然不觉之下,有个东西推动着她。"

"拜托不要净说些吓死人的话好吗?"

听志贺子这么说,桑子说道:"结束这个话题吧。讲这类事情让人特别难过，越说越觉得奶奶好可怜。"

大家似乎和桑子有同感，于是就此结束了这个话题。

桑子说有什么东西推动着母亲的魂魄，针对这一点，我很想说如果真的有什么，会不会是本能之类的东西，但这样说一定会让话题变得晦涩灰暗，于是放弃了。可以确定的是，越想越觉得母亲非常可怜，而我也感到极为难过。

或许正如志贺子所言，母亲变成了小孩在寻找她的母亲；也可能像明夫所言，是年轻的母亲在寻找她的小孩，或者是在寻找其他的事物，年轻的母亲歧路彷徨亦未可知。不过，不管是什么，正如桑子所说，那是连母亲自己都不能确定的事，母亲无疑是在毫无所知的情况下做了那些事。那么，到底是什么力量在推动母亲呢？如果说是本能，或不完全是本能而与本能相当接近的东西，基本上就可以解释得通了。不管是母亲在寻找孩子，或是孩子在寻找母亲，人都是生来就有母亲的，此一本能在母亲衰老的肉体与精神中依然存而不失，于是夜夜推动母亲进行那不可解的行动。如果顺此思路，即使不知实情如何，但也不是不能说明母亲深夜的作为。

若干年前，曾经有一段时期，在人与人之间的关系中，唯独爱别离苦能够触动她的心。如今我不得不接受这样的事实：对于现在的母亲来说，即使是爱别离苦也无法再拨动她的心弦了。

母亲的衰老又向前推进了一层。是不是她只能让自己委身于仍燃烧着精神与肉体本能的飘摇残焰？虽然这纯属臆测，但将现在的母亲看作是这样，委实让人难以承受，而且充满黯淡之感。儿女们突然停止谈论这个话题，实在是事出有因。我觉得不只是我，明夫、志贺子、桑子，每个人的感受，不都反映出他们见到母亲在耄耋之年冷冷燃烧的青色残焰吗？

那个晚上，或许是许久以来第一次能够睡在老家的床上，再也不用吵着要回家的缘故，母亲难得深夜没有起来，一夜好眠。

当志贺子来信，说次女的产期已近，因为是第一次分娩，自己希望亲自来照顾，由于她一个人无法同时承担照顾孕妇和奶奶两个人的工作，希望在次女生产前后的二十天里有人能照顾母亲时，离我在老家的二楼揣想步入老耄之年的母亲只剩下本能的青色残焰这件事，又过了一年三个月，是翌年的六月初。在这一年，三个月之中我回过老家若干次，母亲同样的状态一直持续不断，有头脑比较清醒的时候，也有头脑激烈被毁坏的时刻。

母亲依旧深夜在老家四处走动。明夫和志贺子早已不再提小孩寻找母亲或母亲寻找小孩的说法。"老年痴呆真是令人伤脑筋呢。我是奶奶的女儿,我觉得我也会变成奶奶那样,好担心的。"志贺子说。

六月中旬,我和美津一起回故乡接母亲。我们在老家住了两天,一方面观察母亲当时的状态,一方面听志贺子夫妇描述,学习了一些基本的照护知识,然后在第三天早上,让母亲坐上车子。母亲坐在中间,我和美津坐在她两边。母亲看起来并没有感到不舒服,但一坐上车,她的身子好像缩了一圈,人似乎感到有些不安。我们的车子沿着狩野川前行,经过三岛,从沼津的交流道上东名高速公路,中间我们在沼津的休息站和厚木附近的休息站小歇。在空旷的饮食区一角休息时,我抬头看向母亲,她显得特别的瘦小。当母亲两次用小匙将冰淇淋放入口中时,都说

"这东西真好吃",那语气听起来好像这是她这辈子第一次品尝冰淇淋;而这也是离开老家抵达东京之前,母亲主动说的全部的话。到了东京后,母亲看起来好像被带到一个陌生的地方似的有点儿焦躁不安,却不像过去那样一直吵着要回去,家人要她做什么她都会照做。洗完澡后,她和大家一起吃晚饭。不过不管吃什么,她都没有再说好吃。如果有人问她"好吃吧",她就"嗯"一声。反正事已至此身不由己,有什么不满意我都认了——母亲这个样子有点儿自暴自弃的感觉。母亲当晚很早就上床睡觉了,一直熟睡到天明。芳子睡在和母亲卧室隔层纸门的房间里。

根据老家志贺子的说法,最近母亲的深夜神游没有以前频繁,一个晚上起来两三次的情况已不常见,即使起来也就一次,甚至有些晚上一次都没起来。志贺子说,如果母亲没起来,她反而要起来,到母亲的卧室去瞧瞧动静。无论如何都挺累的。

来到东京之后的第二晚、第三晚,母亲都没有起来到别的房间走动。即使半夜醒来,也只是叫醒芳子带她去厕所而已。根据芳子的说法,母亲和以前一样,深夜似乎还想四处走动,却好像不知道要往哪边去。和以前比起来,母亲体力衰退的迹象甚为明显,那种横冲直撞的激烈不再。

母亲来到东京四五天后,芳子提出她的新见解:

"有没有可能是奶奶觉得被监禁了,所以放弃了深夜的行动?"

前一天半夜母亲上厕所回来,站在次男寝室门前,手放在门把上,正好里面反锁,门打不开。在那一瞬间,母亲似乎错以为那是自己房间的门,自言自语道:"好像什么地方都不能去了。"

"我是没有特别留意,不过我想奶奶大概常常做同样的事。那时她或许以为自己被关起来了。"芳子说。

母亲每天晚上都有这种错觉，这让我感到非常心疼，但如果是母亲自己结束深夜漫游的，我也只能请她多多包涵了。

白天的母亲和之前待在这里时的她一样，每天好几次吵着要回故乡老家，但她吵闹的方式总让人感觉没气力。她心血来潮时就吵着要回家、要回家，但每一次都是坐在起居室的榻榻米上吵，很少走下玄关的地板作势要出门。从这一点我可以感受到母亲体力的衰竭以及随之而来的连衰老本身也失去了它的气势。偶尔她的脸上会明白地显露出生气的表情，但她从未将生气说出口——多半的场合好像都是她觉得自尊心受伤的时候。问题是周遭的人并不清楚是哪一部分的自尊心受伤，所以处理起来非常棘手。不管是劝慰她或向她说明,母亲都无法理解。这种状况我想我是知道的,现在的母亲,已经变成了在祖父跟前任性成长的高傲女孩。"奶奶蛮不讲理!"如果有谁这么说,母亲就会用力将两手伸直、手掌贴在膝盖上,带着一副轻蔑的表情将脸歪向一边。这简直和我五岁的孙女一个模样。

我们都觉得,如果只是这个样子的话,母亲在这里不要说待一个月,即使待两个月都不会有太大的问题。依照往例,每年七月初我们会启用轻井泽的山庄,今年应该也可以把母亲带去吧。我这么想,美津也是。或者移居轻井泽以后,今年的生活会和前几年的大不同,说不定母亲会意外地非常享受被落叶松环绕的静谧山庄的生活。这是我的两个儿子的想法。唯有芳子不以为然。

"拜托你们好好想一下,以前是不是把我们折腾得很惨?和以前比起来,奶奶的衰老情况更加严重了。安静很好，凉快点很好，她还会这么想吗？这一类的感觉她早就没有啦。奶奶现在活在一个不管是思考或感觉都超乎我们想象的世界里。"听芳子这么说，其他人不得不闭上嘴。因为主要负责照顾母亲的人是芳子，现在最理解母亲——至少是夜晚的母亲——的人是芳子。

实际上再度带母亲上轻井泽这件事，仔细一想根本不可能。问题是往返的交通方式。搭火车的话，车站的杂乱景象一旦出现在母亲眼前，她脆弱的神经想必无法承受；至于汽车，四五个小时的车程对母亲衰弱的肉体来说也未免太折磨了。

一个星期过去了，然后又过了十天，母亲的东京生活比我们想象中的要顺遂很多。母亲本能的青色残焰已经无法支撑激烈的身体，就此而言，比起住在故乡老家，此处更适合母亲。母亲既没有变成四处寻找小孩的狂乱的年轻母亲，也没有成为追寻母亲背影的忧伤小孩。可是，稍加思虑一下，我们会发现母亲并非没有这样的冲动。深夜恍惚间想要四处走动而不可得，这对母亲来说另有一种无言的悲哀。静坐在起居室一隅的母亲，有着不管如何四处寻找母亲都没有结果，只好无奈放弃的小女孩的悲哀，或是一样的用尽各种办法寻找自己的小孩，最后不得不放弃的年轻母亲的悲哀。在我看来，母亲的脸既像孤独孩童的脸，也宛如绝望母亲的脸。是小孩的脸，也是母亲的脸。当她变成小孩时就是孩童的脸，变成母亲时则是母亲的脸。

母亲来到东京半个月后，有一天我邀请母亲到书房，在面向庭院草坪的敞廊上，我们面对面坐下。那是在用完有点晚的早餐之后，十点刚过。我想在开始工作之前的短短空当，和母亲一起喝杯茶。芳子帮母亲泡了一杯淡煎茶,帮我泡了杯浓茶。当我端起茶碗时,坐下后一直瞧着不远处我的工作桌的母亲突然说:"以前每天在那边写东西的那个人死了。"

在那边写东西的,除了我以外不会有别人。

"什么时候死的?"我看着母亲的眼睛问道。

母亲一副认真思考的表情,却有几分没把握地说道:"死了有三天了吧,今天约莫是第三天。"

我环视已经去世三天的我的书房。整个房间之杂乱即使想整理也无从下手。

书架上没有条理地塞满了各种图书,地板上也堆着一摞又一摞的书,其中有的已经倒了,有的则随时会垮下来。在书堆之山的中间还放着两个旅行箱、三个纸箱以及用绳子一束束捆好以防止散落的一些数据簿。那些成束的资料有的是我的,有的是借来的。此外,窗户旁边的橱柜里也堆满了图书、纸袋、杂志等，都是乱塞乱放；我和母亲对坐的敞廊这边的杂乱程度与橱柜里的情况相比也是不相上下。我不禁想到，如果我过世了，家人恐怕会为了整理这个房间而伤透脑筋吧。

我一一检视了书房的各个角落，视线最后停留在工作桌上。桌面上也是一片狼藉，但因为还没开始工作，有一半左右的桌面是空着的，唯有那里干净整齐得有点儿夸张。那是来打扫的太太把放在那里的东西推到边上，然后铺上了一块方巾的缘故。那一小块地方整齐地摆放着两个不见一根烟蒂的烟灰缸和一瓶墨水。我带着些许感慨，望着主人去世后的桌子。

"三天了吗？"我问道。

"是啊，还来了好多人呢。"母亲说。

"原来如此。"我说。

没错，主人去世三天后的慌乱迹象，如今依然充斥在这个家中的许多地方：隔壁的会客室传来美津和两三个好像是来自银行的客人谈话的声音；起居室那边虽然听不到什么声音，但昨晚住在我们家的美津妹妹一家四口，应该正在做出门前的准备。另外还有过来接他们的一对夫妇。此外，在庭院边上修理车库破损铁卷门的两名建筑公司的年轻工作人员，正与帮忙清理房间的太太站着聊天。从我坐的地方可以看到最后这一组人。

这时我突然意识到，母亲现在会不会正处于"状态感觉"之中？到底有没有"状态感觉"这种说法我不知道，也不确定这样形容合不合适，但此时此地，确实存在着让母亲以为这个家的主人已经去世三天的若干感知资料。我的工作桌呈现的是原来坐在那里的人离开了三天左右的整洁，家里则是主人辞世三天左右应该会有的各色人等的进出。也许还有其他我没注意到却进入母亲意识里的一些信息。根据这些信息，母亲创造了独自的世界，然后活在那场戏里。至少，母亲现在是活在主人已经去世三天的这个家中。她可以悲伤，也可以服丧。在自己所编织的戏剧里，母亲可以出演任何角色。

如此一想，我突然意识到现在我所看到的母亲衰老世界的面貌迥异于以往。母亲会在早餐吃过才没多久，就觉得黄昏降临了；反过来，她会把黄昏当作早晨。反正早晨也好、黄昏也罢，只要让母亲感觉到早晨的因素，她就会认为当时是早晨；只要她接收到黄昏的信息，她就会坚持认为当时是黄昏，没有其他可能。

我虽只是和母亲对坐着喝茶，却很想对母亲说："奶奶，了不起的事情开始发生了，今后您真的要活在单独一个人的世界里了。"那无疑是一个对别人来说不存在而只有母亲一个人觉得存在的世界。那是母亲依据自己的感觉，截取现实的片段，然后重组而成的世界。

可是如果要让母亲自己说，或许她会告诉我，这可不是现在才开始的，很久很久以前自己就已经那样活着了，因为多年以前她就开始把黄昏当作早晨、把早晨认作黄昏了。

这件事就此告一段落，但类似的事还有一次。七月初，美津和帮忙做家务的太太将大量的行李装上汽车，出发前往轻井泽。她们尽可能地将山庄加以整理，以便不久后全家人正式上山避暑。就在她们出发前，母亲对站在玄关处的美津说："我有话要对你说。"语气和平常的不太一样。

美津想回头往里面走，母亲却说，我们到外面去吧，然后自己套上木屐，走在前面出了玄关。她并没有走向大门，而是打开厨房那边的便门，绕到庭院去。美津在后面跟着。母亲走到庭院一角的紫丁香旁边。

"有件事我一直想告诉你，"她以此为开场白，然后说道，"老家那边和我一起住的女人，是和我没有血缘关系的外人。这件事，你知道就好。"

母亲想跟美津说的是这件事。我是在第二天晚上，美津从轻井泽回来后才听她说的。

"奶奶是非常认真的。那语气就像是，这件事我从来没有对别人说过，只因为你一走就没有机会了，所以趁现在跟你说一下。所谓老家一起住的人，不就是志贺子吗？她真的好可怜，明明是奶奶的长女，却被当作没有血缘关系的外人。"美津说。

这时我立刻想到这件事和我被母亲视为已经去世的情况是一样的。我被当作已经去世的人，美津则被当作即将离去的人。那天，美津从一早就忙着前往轻井泽的准备工作，还要和山庄管理人通电话，看起来非常忙碌。我想母亲接收到种种离别的信息，大概认为美津将要远行，两个人以后恐怕难有再见的机会。出门之前美津擦拭了佛坛，或许这个动作引起了母亲某种反应，而且听说美津还与前后两组来访者站在门口谈话，这一切都给了母亲我们无法想象的刺激也说不定。不管怎么说，她为即将远行的美津做了一位母亲应该做的事。她在自己制作的连续剧中，让自己扮演一个角色粉墨登场。

之后过了两三天，关于母亲的这件事成为起居室的话题。这时芳子提到若干年前自己经历过的关于京都祖母的事。所谓京都的祖母，说的是美津的母亲，她几年前以八十四岁高龄去世，去世之前半年左右，曾经来东京在我们家小住，芳子说的就是那时的事。

有一次，趁着其他家人不在，外祖母将一张五百元纸币塞给芳子。

"我一直说不要，结果不拿还不行呢。我不知道怎么形容才好，那时外婆的眼神一副拼死命的模样。那是紧盯不放的眼神，是拜托你拿去的恳求眼神。不拿不行啊，如果不接受，我觉得外婆一定会哭出来的。"芳子说。

这是芳子第一次提到这件事。京都祖母的情况虽然没有母亲的那么严重，但在晚年也是明显呈现衰老的征兆。我想进入耄耋之年的老人大概都在同样的世界里活着吧。京都祖母到底在自己周围编造了怎样的一出戏，无人知晓。她和母亲一样，那时肯定活在周遭任何人都无法知悉的世界中。

"虽然情况类似，但伊豆的奶奶和京都的外婆还是有很多不同的。伊豆的奶奶将老爸当作过世的人，把老妈当作即将离家而去的人，让人总觉得其中有一种恶意的成分，京都的外婆则单纯多了。伊豆的奶奶啊，绝对不会给孙女零用钱啦。"我的两个儿子中的一个说道。

"就算老态龙钟了也还是有个性的。伊豆的奶奶演的是新剧,京都的外婆演的则是新派[38]。"另一个儿子说。

母亲在东京待了不到一个月。一天志贺子来电,说托大家的福,次女平安产下一个男婴,她最近就会回自己家去,所以我们任何时候将母亲送回去都没有问题。她又谈到最近连续两个晚上梦见母亲,多少有些不安。至于我这边的考虑,已经到了该移居轻井泽的时候,不早点上去的话,让母亲在一天天热起来的东京待着是不行的。送母亲回老家的任务由桑子担任。桑子完成任务后回来说:"奶奶啊,完完全全变

---

38 新剧、新派:日本近现代戏剧的派别分类。新剧原来以师法欧洲近代戏剧为发展目标,相对于歌舞伎等所谓旧剧而名之为新剧,风格较为复杂。经过20世纪70、80年代的地下剧团运动和小剧场运动,新剧已经变成另一种相对古典的演出形式。新派则兴起于19世纪末,多以当代庶民哀欢为主题,风格比较平易。

成一个很乖、很听话的奶奶了。不过，变成那样反而叫人担心呐。奶奶因为衰老而忘记了很多东西，现在我看是连衰老这件事她都忘了。"

七个月后的翌年二月底，以母亲的儿孙至亲为主，大家聚在一起为母亲庆祝米寿[39]。那是母亲去世前一年二月的事。母亲的生日是二月十五日，为了配合上班者的时间，我们将寿宴推迟了十天，选择在故乡一家温泉旅馆的宴会厅举行。儿子、女儿、他们的配偶、孙子、曾孙，合计二十四人，共同为虚岁八十八岁的母亲庆生。我们设了三桌酒席，弟弟和弟媳、志贺子夫妻、桑子、美津和我坐在最里面的餐桌，一起陪母亲用餐。进入寿宴会场前，母亲似乎多少了解大家是为了她的缘故才聚在一起，因此看起来

39　米寿："米"字可被拆分为"八""十""八"三个字，所以八十八岁寿辰俗称"米寿"。

非常开心、充满期待。可是就座之后，当大家开始奶奶长、奶奶短，轮流向她敬酒，孙辈们也陆续送上生日礼物的时候，母亲开始变得有些焦虑。桑子坐在她旁边，帮她把料理夹到小碟里，还为她挑选比较软的食物，但母亲一副"我可不会上当哦"的表情，对食物并没有什么特别的兴趣。

"怎么了，奶奶？这是奶奶的寿宴哦。"志贺子说。

"我的，是吗？我的寿宴？"母亲说。

不过，母亲并非不了解这个寿宴是为她举办的。毕竟这是为她举行的宴会，大家也都在对她说恭喜恭喜之类的话。这是她的寿宴，这一点她是知道的。不过，要不要愉快地全盘接受大家的好意，这一点她是无法说服自己的，而我所熟知的母亲就是会有这样的反应。每个人都对自己说恭喜，看起来是在恭贺自己，但她本人可不觉得有什么可喜可贺的。母亲从头到尾都是这副表情,眼神也不是很自在。孙子表演唱歌,曾孙跳幼儿园学来的舞蹈,母亲看了只是嘴角敷衍地浮现一下笑意,目光立刻飘往别处。我们总觉得她心情有些沉郁,无法怡然忘忧。

宴会进行到一半时,我们请来拍纪念照的摄影师,志贺子拿出为母亲准备的红头巾和红色无袖羽织[40]。母亲始终无法接受那些奇怪的红色物什,结果被志贺子斥责了几声,于是勉强在拍照时戴上红头巾、披上红色羽织。母亲非常不耐烦,那些东西真的不适合她。一拍完照,母亲表示怒意的方式,就是迫不及待地脱掉红头巾和红色羽织,好像在说这些根本不是人该穿戴的东西。

虽说我是这场寿宴的主办人和召集人,但对于年

---

40 羽织:穿搭在和服外面,用来防寒或作为礼服的外套。

轻人所设计的节目我并没有表示什么意见。母亲以外的每个人都非常开心,气氛也越来越热烈,唯独母亲一个人闷闷不乐。

或许母亲现在正回到幼年时期,置身于更加豪奢的世界也说不定。果真是这样的话,在她看来,这场寿宴大概很寒酸吧。这样的排场到底在庆祝什么,她虽然不清楚,总之是不太感兴趣。或者家里这两三天为了庆祝她的米寿而显得有些忙乱热闹,她从周遭的气氛中搜集了若干感觉的信息,再拼凑出与寿宴完全不一样的剧情,然后活在其中也说不定。

尽管如此,对于母亲在寿宴中始终郁郁寡欢,我并不会感到不舒服。我反而觉得这很像我所知道的母亲,而且这大概是近年来最像她的一次。从母亲的角度来看,寿宴很难说是成功的。寿宴次日,我们兄妹几个难得在老家聚首。前一晚的宴席上绝少开颜的母亲,现在被儿女围绕,脸上一直带着笑意。是什么让母亲改变了,谁也不知道。

母亲身心的衰退程度,大家都看得一清二楚。她几乎不说话,虽然也和从前一样一件事反复说个不停,但只是低声细语,犹如自言自语,反而不太引起别人注意。此外,只要一落座,她就不再起身走开。移动身体对她来说似乎非常吃力,即使旁边已经没有人,她依旧在原地坐着。这样的母亲在两三年前是难以想象的。

"幸好这样,最近我终于从奶奶的束缚中解放出来了。她半夜起来漫游的间隔越来越长,现在大概好几天才一次。不过,她一旦起来的话,活生生就是个幽灵。她的动作非常缓慢,简直跟鬼魂一模一样。以前呢,我去厨房她就跟到厨房,去玄关就跟到玄关,一整天跟着我团团转,最近却是突然——我常常因为发现奶奶没有跟在后面而吓一跳。"志贺子说。

那一天,大家尽可能陪在母亲身边,然后谈起母亲在父亲的任地如台北、金泽、弘前住过几年的事。

女儿们问她:"奶奶,那个人您认识吗?"我和弟弟也会问:"奶奶,那个人您还记得吗?"

母亲对那些人几乎都没有什么记忆了,但偶尔也会回道:"啊,那个人很不错,是个亲切的人呢。不过家里没有小孩,后来不知道怎么样了。"在那一瞬间,母亲的脸突然充满生气,好像已然被毁坏的大脑里射进了一道光线,这让她的儿女们惊奇不已。

母亲总共记起了三个还是四个人。在母亲脑海中,名字和人如果能够兜拢在一起,从她的表情就可以看得出来。当想起一个人的时候,母亲的嘴里说出来的都是同一套台词。

"啊,那个人很不错,是个亲切的人呢。"

相反，如果儿女们提到的人物她无论如何也想不起来，她就会默默摇头，有时则会说"反正也不是什么要紧的人嘛"这种叫人受不了的话。既然会让自己毫无印象，肯定不是什么要紧的人。大概是这个意思。

"果然是奶奶啊，把自己的失忆放在一边，然后归咎于别人。"桑子说。

这时，弟弟也有些感慨地说道："我是这样想的。看到奶奶的状况，我不得不相信，人一旦衰老，对自己的孩子和毫无血缘关系的人，大概也不太分别了。为人子女的总会觉得，父母至少不会把自己给忘了吧，这样想未免太理所当然啦。我老早就被她忘掉了。当然像这样聚在一起，她多少会感觉到这是一个和她有特殊关系的人。可是呢，她并不觉得我是她的儿子。告诉她名字的话，她或许知道这是她儿子的名字，但那个名字和我这个人联系不起来。我是什么人，老早就被奶奶忘得一干二净啦。"

"说到这个，我和奶奶一起生活了十多年，每天忙着照顾她起居，也不知道从什么时候开始，她不再认为我是她的女儿了。她好像把我当作了一个上了年纪的钟点女佣，欧巴桑、欧巴桑地称呼我。反正就是自以为是。这个啊，唉，没办法呀。"志贺子说。

老实说志贺子真的是抽到了下下签。如果连志贺子都可以被忘记，母亲肯定也不认得明夫了。至于我和桑子，不知道为什么，她好像一直到生命晚期都还记得我们是她的儿子和女儿。可是这两三年她逐渐变得怪怪的，然后我们也不知不觉地被列入了遗忘组。

"早忘、晚忘，结果还不是一样。现在谁也不吃亏，我们都一起被遗忘了。终于大家都被母亲遗弃了。连父亲都被遗弃了，不是吗？衰老这东西真是恐怖啊。"我说。

我们并不清楚母亲是何时将父亲给忘了的，注意到这件事的时候，在母亲的记忆中，父亲的存在已经极为模糊。借用弟弟的说法，母亲的衰老，对共度漫长人生的父亲也没有给予任何特权，而是将他和其他人一视同仁。

"不过，另一方面，奶奶对非常久远以前的人还记得几个，而且记得可清楚呢。"桑子说。

"对自己亲切、被自己认为是好人的她就记得，其他人她都遗忘了。就这个标准看来，我们这些做儿女的，大概不算什么亲切的人，也不是什么好人啊。"弟弟说。

"大概吧。"

"是这样没错啦。我也是刚刚才有这个想法。以奶奶那样的性格，'啊，多么亲切的好好先生''啊，多么温柔体贴的人''啊，那个做了糟糕

二〇

的事的人''啊，那个讲话令人讨厌的家伙'，我觉得她的这种感觉模式非常明显，毫无疑问要比一般人强烈得多。而且，她一定会在心里把亲切的好好先生画个圆圈，然后把自己讨厌的那些人画一条斜线。不管是画圆圈或是画斜线，如果不是变得老年痴呆的话也都还好，问题是她成了失智的老人。脑筋不清楚以后，就把画斜线的人先忘掉。失忆这种事，说不定也分先后顺序，不过基本上，大概就是从某个端点开始一个个忘掉吧。"

"那不是跟注销一样吗？"

"真的就是字面意义上的注销呐。每次我要写贺年卡的时候，就把一些不会再联络的人从地址簿上给画掉。类似这样吧。"

"看起来，我们都是地址簿上被注销了的人。那到底是什么时候被画上斜线的呢？"

"那真是好长的一条斜线啊。"

"会是什么时候呢?"

"谁知道。"弟弟说。

弟弟有点儿半开玩笑,但也不完全是无厘头,他的有些说法不得不让人进一步思考。毕竟我们都会把人生路途上认识的人写在地址簿上,然后涂涂改改。

"那阁下是什么时候被奶奶画上斜线的呢?"志贺子问弟弟。

"我想想看。我年轻的时候关于工作曾经和老妈有过争执,大概就是那个时候也说不定。"

"会不会太早了些?"

"反正那时候一定被画过斜线啦。如果奶奶不失智的话,只不过是被画上一条斜线罢了,现在是整个被涂抹掉了。"

听了弟弟的话,我觉得如果要说母亲给弟弟画上斜线的时间点，应该是他变成别人家养子的时候吧。当有人来商议弟弟的婚事时，母亲是非常赞成的，当然她也有点儿太冲动了。这桩儿子被女方收为养子、继承对方家业的婚事顺利谈成，自己亲生的孩子突然要离开自己变成别家的人；想到自己就要被这个从小疼到大的孩子遗弃，母亲大概很沮丧、很失望吧。如果母亲要在弟弟的名字上画一条斜线，或许就是那个时候吧。

"父亲呢？"桑子问。

"那个嘛，我想应该是战争结束的时候。"

这次是我回答道。如果说父亲也被母亲给画了条斜线的话，应该不会有别的时间点。一生服务军旅的父亲，他的权威与荣光在战争结束的同时也一起遭到剥夺，然后以一无所有之姿态被丢进战败的社会，这时母亲大概很想跟父亲说：这未免也相差太大了吧？

父亲在军中的时候，对待母亲有如暴君对待臣民，让母亲全心全意地侍候他；相对于此，退役后突然热衷隐遁的父亲几乎与社会断绝往来，反而是母亲出面担任老家的在乡妇人会[41]会长，尽了一名军人之妻的责任。母亲是个自尊心强又好胜的人，由于战败，父亲的权威暴跌，这对母亲来说一定是相当大的打击。这时的她或许想对父亲讲一些高姿态的话。如果要画斜线，应该就是那个时候吧。

"这样一来，我也好，桑子的老公也好，恐怕都在战败时被画上了一条斜线啦。"明夫说。明夫原来也是军人，桑子的丈夫则是军医。

"哥哥是什么时候被画上斜线的呢？"桑子问我。

41　在乡妇人会：明治中期以后，为了牵制地方改革运动和妇女解放运动，明治政府鼓励民众成立各种妇人会。妇人会在战时是军方的协助者，战后则变成类似公益团体的乡里组织。

"和美津结婚的时候吧。如果不是,那就是没有当成医生而成为记者的时候。当我跟母亲说我要当新闻记者时,她的脸色非常难看。"我说。

代代以医生为业的家族系谱因为我而改变了。我读大学时没有选择医学院,这对在祖父清司膝下长大、坚信这个家是个特别的医生世家的母亲来说,绝对是难以置信的事。不过我觉得,应该还有别的事情,让母亲在我毫无察觉时在我的名字上画了一条斜线。不只是我,弟弟、志贺子、明夫,还有桑子,大约也都是在自己不知道的情况下,让母亲画了斜线吧。

当我们自顾自兴致勃勃地谈论这个话题时,母亲正坐在隔壁房间的椅子上仰着脸小憩,脸上还盖着一条手帕。虽然神志不清,却还是非常注意自己睡觉的模样,这一点很符合母亲的个性。她有很多做子女的远远比不上的地方。从为母亲举行米寿寿宴的那年的秋天直到翌年的春天，我回过老家三次，每一次看到母亲，都觉得她比上一次缩小了一圈。她小小的身子整天窝在面对中庭房间的暖桌[42]前。天冷的时候可以取暖，不需要取暖的时候，母亲也照样靠着桌子坐在那里。晚上她让人把寝具铺在暖桌旁，就在那里就寝。以前她是庭院里哪怕有一片落叶都会立刻起身去捡，基本上是一刻也不得闲的人，如今她似乎连稍微动一下身子都感到异常吃力了。

只有吃饭的时候，母亲会来到起居室的餐桌前坐下，仅仅摄取维持身体最低所需的食物分量。我们总是将煮得甜甜软软的豆子盛一小碟给她，而她也只吃这一样。

对于肉类，她一概不吃，蔬菜、水果也是一样。

42　暖桌：日本传统的取暖设备，汉字为"火燵"或"炬燵"。古代用炭火，现在靠电力。暖桌为矮桌形，发热装置放在桌子底部，桌面上再铺一层暖被，可以将双脚放进桌下取暖。

她从年轻时代起就有些偏食，年纪越大好恶倾向越明显，对不喜欢吃的东西连正眼都不瞧一下。志贺子说，奶奶只要有厚煎蛋和煮豆子就心满意足了，一定是小时候只爱吃这两样东西。母亲的食量越来越小。她不说话，所以旁人也不知道她衰老的状态发展到什么程度了。偶尔有客人会坐到母亲的暖桌旁边，母亲虽然不知道坐在自己面前的人是谁，却会带着笑意说一些"今天的天气不错呢""你一向可好啊"之类人人通用、无伤大雅的问候语。她非常努力地不让人看出她的衰老。正因为母亲的自尊心是如此之强，尽管她的体力已经衰竭，但大小便失禁的事几乎不曾发生，志贺子也不需为此吃什么苦头。不过因为有从溪谷引流过来的温泉，浴室里整天不缺热水，即使真的发生这种事，清理起来也比较简单。不过我想，如果真的发生这种事，是否方便清理是另一回事，恐怕母亲心里一定希望不要假手志贺子,一切自己来处理。

新年返乡探亲的时候,目睹母亲衰老得如此严重,我甚至有心理准备她可能会随时倒下。明夫和我的看法相同,倒是志贺子、美津和桑子一干女眷却认为母亲很可能会继续维持这种状态好几年。

今年五月到六月,我要去阿富汗、伊朗、土耳其旅行,我希望出发前能够和母亲见个面,连探亲的日期都和志贺子夫妇讲好了。到了那天,车子也叫了,我却突然决定取消。我总觉得这样做有一种和母亲诀别的意味,想想还是不要回去比较妥当。我打电话向志贺子说明这个情况,并告诉她在我旅行期间如果母亲方面有重大变故,请她和美津、桑子商量,一切按照她们的想法安排即可。

"哎呀,奶奶是不会随随便便走人的。昨晚她睡得很沉,今天早上起床时间到了还一直睡,我特地去察看了两次。她的皮肤非常光滑，嫩嫩的。比起母亲来，我反而更像老太太呢。"志贺子说。

我长途旅行归来已是六月底，梅雨季还没过。搭着车在沙漠和边境地带连日奔驰的高强度行程造成的疲累，让我整个夏天好像变成了另一个人似的。八月之后，我前往轻井泽避暑，但在轻井泽依旧夜不成眠。

当我终于从旅行的疲惫中恢复过来时，时间已经进入九月。一天，我在东京书房的敞廊抬头看到秋日令人赏心悦目的晴空，突然决定回故乡一趟。上一次回老家是半年前的事了。我看到母亲并没有什么改变。她还是坐在面对中庭房间、拿掉暖被的暖桌前，像应对陌生人一样和我打招呼。正如我旅行出发前志贺子在电话中告诉我的那样，母亲脸上的皮肤非常光滑，讲话的时候略带羞怯，给人的整个感觉与其说是老太太，不如说是少女。

我在老家住了两晚。第二天晚上,我从二楼下去,在通往洗手间的走廊上走着时,正好遇到刚从洗手间出来的母亲。穿着睡衣的母亲现出与年龄相应的老人身姿,也有一张老人的脸。

"下雪了。"母亲说。

我回应说并没有下雪,她听了脸上立刻露出一种不以为然的表情,然后低声自语,再次说道"下雪了"。

我送母亲回到卧室,在门口止步,回头往洗手间走去。根本不可能下雪。我打开洗手间的窗户,看着外面。户外一片漆黑,但夜空中仍可以看到星光,后院草丛中鸣虫之声清晰可闻。

回二楼房间途中,我查看了一下母亲的卧室。床上铺了被子,但母亲并没有睡在那里,而是像白天一样坐在暖桌前。才九月底的天气,看母亲穿的睡衣并不觉得她会冷,但我还是将叠放在枕边的外袍披在母亲身上,然后隔着暖桌在母亲对面坐下。我是想知道母亲的错觉从何而来才坐到母亲面前的。我还没开口说话,母亲又说道:"下雪了!地上都是雪。"

"你觉得好像在下雪,是不是?"

"本来就在下啊。"

"雪是没下,不过有星星。"

听我这么说,母亲一副很想反驳的样子,可是又好像想不到什么适当的话,只好保持沉默。过了一阵子,她才说:"你听,正在下雪,有没有?"她一边说话,一边好像专心在倾听外面下雪的声音。我也学母亲竖着耳朵听。户外也好,室内也罢,全都寂静无声。志贺子夫妇在他们自己的房间里,时间已经过了十一点,我想他们早就睡了。早年,母亲的祖父,也就是我的曾祖父清司用作诊所兼住家的这栋故乡房屋，虽然说不上大，但每到夜里，就静得犹如毫无人气的空屋。

我觉得现在的母亲不知道什么时候又回到东京时期的那种状态了。和母亲隔着拿掉暖被的暖桌对坐，笼罩在两人周围的夜之寂静，确实有点儿像无声雪夜的静谧。不过母亲应该有四十多年不曾置身于雪夜了。父亲以军医身份赴任的地方，旭川、金泽和弘前都是有名的雪乡，但旭川时期是母亲二十二三岁的时候，金泽和弘前则是父亲临近退役前所待的地方。父亲是在弘前的任上退休的，算一算至今已有四十多年。

"还记得弘前的事吗？弘前在新年期间每天都下雪呐。"我问。

母亲一副不得要领的表情，问到金泽的时候也一样。

"嗯，是有下雪。"

母亲在无法确实回答我的问题之后，给了这样的答复，明显只是随口说说而已。

"奶奶去过的地方，旭川的雪最多了，一晚接着一晚地下个不停。"我说。

"是哦，一晚接着一晚，雪下个不停的地方。"

母亲微微歪着头，好像努力地想唤起久远的回忆似的。在我看来，那是一张多么辛酸而哀伤的脸啊。接着母亲表情一变，说："全都不记得了，头脑不听使唤啊！"

"不要再想了，不记得也没关系哦。"我说。

说起来有点儿奇怪，在母亲努力想要记起什么的表情里，或是在她把头歪向一边、脸朝下眼睛盯着膝盖的这些动作中，似乎总带着一种忏悔的虔诚和痛心。我没有权力要求母亲回忆过往。对母亲来说，试图从遗忘的记忆中唤起什么东西，或许恰如从下雪的冰冻湖沼中捞出一块块沉没的木片。这么做肯定辛酸而哀伤,被捞出来的一块块木片也会滴着冰冷的水珠。

我侍候母亲睡下,然后走出她的卧室。那一晚,我躺在二楼房间的床上,不禁想着母亲置身于降雪的夜里,很可能不只是今天晚上而已。会不会昨天晚上、前天晚上她都听到了下雪的声音,然后倾听着雪花降落的声音度过夜晚的时间并入眠;明天、后天会不会也是如此,同样的夜晚会一再降临?我想,母亲现在的身影,应该就是绝对孤寂的身影吧。如今的她既对人世间的爱别离苦无感,对他人的死亡或奠仪什么的也不再操心了。曾经在一段时期里猛烈驱动着母亲本能的青色残焰也消失了。即使置身降雪的夜晚,在其中编造剧情、自己也参与演出的身心都颓败了。或许她回到被教养成一个高傲少女的年轻时代,然而舞台的灯光已经熄灭,所有亮丽多彩的道具都被黑暗所吞没。在漫长人生中做伴的丈夫不在了，儿女们也都从意识中消失。弟弟妹妹、亲戚、朋友、熟人，全都一一离去。也许不是离去，而是被她抛弃了。母亲如今在小时候成长的家中孤独地活着。每个夜晚，母亲四周都飘着雪花。她唯一能守护的是已然遗忘的遥远的年轻时代里内心深处镂刻的印记——那纯白的雪之颜。

第二天，我九点左右起床，在起居室的椅子上吃着有点晚的早餐。母亲来到我旁边，坐在沙发上望着庭院，但不时回头看看我，似乎有什么非说不可的话要对我说，可好像又不知道怎么说或要说些什么。

"下个月我会再来哦。"我说。

"嗯，下个月呐。"

母亲脸上露出笑容，但看起来她既不知道我是谁，也不清楚所谓下个月是什么时候。这时我叫的十点整的车子到了。

"我告辞了,奶奶要保重哦。"我说。

母亲送我到玄关口:"要回去了?"

她想走下地面,我请她留步。她站在玄关口高出地面的木板台阶上,说:"我就不送了。"

临上车时,我回头看了母亲一眼,她的脸朝向我,两手则忙着整理衣襟。母亲非常努力地想将衣襟拉正,她是想将和服不平整的地方拉正来送客吧。这是我所看到的母亲最后的身影。

我和桑子搭的车子将近中午的时候抵达老家。作为母亲卧室的房间里面,几位亲戚和邻居围着桌子坐在那里。卧室和后面和室中间的纸拉门已经被取下,和室里铺了一床棉被,上面安放着母亲的遗体。和室里也坐了三四个亲戚,我和他们点头打过招呼,即走到母亲的遗体前。母亲的脸安详美丽犹如玩偶,微翘的嘴角令人想起年轻的母亲装腔作势时的表情。我摸摸她的脸，又摸摸她的手，她的手像冰一样冷。

志贺子走了过来："手很冰对不对？稍微握一握，很快就会暖起来哦。"我照她说的做了，立刻感觉自己的体温传导到母亲那皮包骨的手上去。母亲的手好像被洗过般白皙，上面现出青色的血管。

傍晚时分，两三里外村落的年轻僧侣来到家里，开始举行母亲入殓前的诵经仪式。七点的时候，从东京赶过来的美津和长女也到了。待她们两位烧过香后，即举行入殓仪式。在亲戚中的女眷的帮助下，我们为母亲套上白色手甲、脚绊，穿上白色单衣[43]。即将上路的旅人呈现出飒爽之姿。志贺子将守护短刀[44]放在母亲怀中。桑子、美津和孙辈们将菊花摆满母亲脸部四周。当

---

43 手甲，套在手腕上保护手掌的布套；脚绊，类似绑腿；白色单衣，日文汉字写作"帷子"，是没有加里衬的棉衣或麻衣。

44 短刀：保护亡者不被鬼怪侵害。

晚开始守灵，桑子的女儿、女婿也来了。桑子的女婿是一位年轻的精神科医师，最近两年不时过来探望母亲，顺便进行诊疗。母亲晚年可以过得比较平静安稳，我觉得和这位年轻医师的用药有很大关系，于是我代表去世的母亲，向我的外甥女婿致谢。

大约十天前年轻医师到过这里为母亲诊疗，他向我说明当时诊断的结果，并表明完全没有预料到事态会急转直下。

"最后还被奶奶狠狠修理了一下呐，"年轻医师笑着说，"诊疗结束后，大家一起在奶奶的房间里喝茶聊天。奶奶看着我，向坐在我旁边的妻子问我是谁。妻子回答她，不就是刚才帮奶奶诊疗的医生吗？奶奶放低声音，也没有特别要说给谁听，喃喃说道：'医生真是各色人等都有啊。'把我吓了一跳。真是败给她啦！"我觉得在母亲干枯羸弱的身体里，即使到这种时候，她个性的最后碎片依然"啪"地点燃，释放出微弱的火焰。

过了一天，二十四日那天，我、美津、桑子、志贺子夫妇都在五点起床。六点整，我站在放置母亲遗体的棺木前，从一旁看着所有至亲一个个轮流和母亲做最后的告别。母亲的脸庞看起来依旧像带着青涩稚气的女孩的脸，同时带有飒爽之感。我用石头将钉子钉在棺盖上。棺木被抬上巴士型灵车后，亲戚和邻人共二十名左右也跟着坐了上去。车子行走在下田大道[45]上，到修善寺[46]转弯离开大马路，开上沿着大见川的乡道前往火葬场。小小的溪谷到处都是红叶，散落在各处的村庄不知道是不是周围红叶的关系，显得有点湿润。

---

45 下田大道：即下田街道，穿越天城山、纵贯伊豆半岛的交通要道，为川端康成《伊豆的舞女》、松本清张《天城山奇案》的舞台。

46 修善寺：伊豆市地名。

抵达火葬场后,先是由僧侣诵经,结束后,灵柩立即放进火葬坑。我在火葬场职员的带领下,绕过建筑物的后方,然后再度进入屋子,在坑口前站着。接着我依照职员的指示,用火柴点燃浸过灯油的布片。霎时,红色的烈焰从坑口内部升起,火葬坑里发出轰轰的燃烧声。

大家在休息室里待了两个小时。一位年老的工作人员过来叫我们,我们走出休息室,回到两个小时前放置母亲灵柩的火葬坑前站着。老先生很快将一个没有加盖的长方形金属箱拉了出来,里面装的是母亲的骨殖。骨殖要分为直系血亲捡拾的部分以及给其他人捡拾的部分。老先生用长筷帮我们分好。首先由我捡拾,然后再由至亲者依次捡拾,将骨殖放进白色的坛子里,最后留下几片由我来捡拾。骨殖全部被装进骨灰坛后,老先生用铁丝十字交叉固定,包上白纸,再放进白木箱中，最外面再套上金线刺绣的丝质袋子。

我抱着它，最后一个上车。我在我的位子上坐下，将装着母亲骨殖的坛子置于膝上，双手合抱。这时我想的无非是，母亲在漫长而激烈的战斗中一个人孤独地奋战着，奋战终了，如今她成了一小堆骨头碎片。

作者年谱

1907年（明治四十年）五月六日，出生于北海道旭川町（今旭川市），为隼雄（父亲）和八重（母亲）的长男。

隼雄出身静冈县田方郡上狩野村门野原（今伊豆市门野原）世家，原姓石渡，时任第七师团军医部二等军医；八重为同村汤之岛世代业医的井上家长女。隼雄成为井上家养子，与八重结婚，改从女方姓氏。

1908年（明治四十一年） 一岁

父亲赴朝鲜，井上靖与母亲由外祖父伴同回到汤

母亲八重（1885年2月15日出生）

与母亲、妹妹桑子合影

之岛老家。

1912年（明治四十五年，即大正元年）　五岁

在父亲的任职地东京、静冈短暂居住后，因妹妹出生，井上靖再度被送回汤之岛老家，由没有血缘关系的阿绣抚养。

阿绣是八重的祖父清司所纳的妾，清司安排阿绣分家另立门户，户籍上则登记为八重的养母。清司曾任三岛病院院长，后回家乡行医，为伊豆名医。

1914年（大正三年）　七岁

就读于汤之岛小学。

1920年（大正九年）　十三岁

阿绣染患白喉过世，井上靖回到当时住在滨松的父母身边，就读于滨松师范附属小学高等科。

1921年（大正十年）　十四岁

就读于静冈县立滨松第一中学（现滨松北高等

与学生时代的友人合影

学校）。

1922年（大正十一年）　十五岁

父亲移防中国台湾地区，担任台北卫戍病院院长。（台北卫戍病院位于小南门南，今天台北市立联合医院和平院区也在当年的卫戍病院范围内。）井上靖寄住在三岛的伯母家，自滨松一中转学至静冈县立沼津中学（现沼津东高等学校）。

1924年（大正十三年）　十七岁

除井上靖外，全家移居父亲的驻地台北；井上靖由三岛的亲戚照顾。此时，井上靖开始结交喜好文学的朋友，学会喝酒、抽烟，开始感受文学的魅力。中学四年级、五年级暑假，两度自神户搭船前往台北与家人短期团聚。

1926年（昭和元年）　十九岁

中学毕业，前往台北依亲，过了一年的浪人生

金泽第四高等学校时代的井上靖热衷于柔道

活。此时井上靖的弟弟妹妹们应该是在台北市立城南小学就读。

1927年（昭和二年）　二十岁

父亲调职金泽，全家从中国台湾搬回日本。井上靖升入金泽第四高等学校（现金泽大学）理科甲类，加入柔道社团，热衷于苦练。征兵体检甲种合格，次年接到召集令，却因练柔道导致肋骨骨折而无法入伍。

1929年（昭和四年）　二十二岁

担任柔道社团主将，但不久退出。开始写诗，成为"焰"诗社成员。

1930年（昭和五年）　二十三岁

就读于九州帝国大学（今九州大学）法文学部（与法文无关，为法学、人文科学简称）英文科，但很快失去求学热情而休学，后前往东京，耽读文学。

1931年（昭和六年）　二十四岁

作者年谱 二三九

京都帝国大学时期的井上靖

婚礼留影

父亲在少将军医监职位上退休，隐居伊豆汤之岛老家。

"九·一八"事变爆发。

1932年（昭和七年）　二十五岁

再度接到召集令，半个月后解召。进入京都帝国大学（今京都大学）文学部哲学科就读，主修美学。这时开始陆续参加各种小说征文活动，作品得以入选。

1935年（昭和十年）　二十八岁

与原籍伊豆、有远亲关系的美津结婚，在京都建新居。美津为京都帝大名誉教授、解剖学者足立文太郎长女。足立是井上靖母方的亲戚，从小由井上靖的曾祖父清司抚养长大。足立最重要的学术著作是用德文写就的《日本人静脉系统的研究》。

1936年（昭和十一年）　二十九岁

京都帝国大学毕业。以《流转》一文参加每日

妻子与长女几世

新闻记者时代的井上靖

与长男阿修（图中婴儿）在一起

新闻社《每日周刊》的征文活动，获首届千叶龟雄奖，并因此机缘进入每日新闻社大阪总社工作（负责宗教、美术方面的报道）。长女几世出生，全家移居兵库县西宫市。

《流转》改编为电影（二川文太郎导演）。

1937年（昭和十二年）　三十岁

九月于名古屋再度被军队征召，翌年三月因病解除召集。

1938年（昭和十三年）　三十一岁

移居大阪府茨木町（在今茨木市）。女儿加代出生六日后夭折。

与关西地区诗人安西冬卫、野间宏等交往。

1940年（昭和十五年）　三十三岁

长男阿修出生。

1943年（昭和十八年）　三十六岁

作者年谱

二四三

与喜欢摄影的长女合影

获得芥川龙之介奖后全家开心留影，从此开始专业作家生涯

次男卓出生。

1945年（昭和二十年）　三十八岁

次女芳子出生。全家疏开至鸟取县日野郡（疏开，此处特指日本在战争末期为避免空袭造成集中破坏而将城市人口、物资疏散到乡村的政策）。

1947年（昭和二十二年）　四十岁

移居故乡汤之岛。

1949年（昭和二十四年）　四十二岁

移居东京。发表短篇小说《猎枪》《斗牛》。

1950年（昭和二十五年）　四十三岁

以《斗牛》获第二十二届芥川龙之介奖，正式在日本主流文坛登场。

1951年（昭和二十六年）　四十四岁

从每日新闻社离职，专事写作，逐渐成为报纸连载小说名家。同年，《战国无赖》出版。

作者年谱

在东京世田谷自家书房工作时留影

与亲人在起居室

1952年（昭和二十七年）　四十五岁

《战国无赖》改编为电影（稻垣浩导演）。

1953年（昭和二十八年）　四十六岁

《风林火山》出版。

1956年（昭和三十一年）　四十九岁

《冰壁》出版。

1958年（昭和三十三年）　五十一岁

《天平之甍》获日本艺术选奖。

《冰壁》改编为电影（增村保造导演）。《冰壁》和《风林火山》是被改编次数最多的作品，除了电影，还被改编成电视剧三次。

出版诗集《北国》。

1959年（昭和三十四年）　五十二岁

《冰壁》获日本艺术院奖。《苍狼》出版。

父亲隼雄去世。

与孙辈的合影

获文化勋章后返家时留影

1960年（昭和三十五年）　五十三岁

《敦煌》《楼兰》同获每日艺术大奖。

半自传体三部曲第一部《雪虫》发表。

1961年（昭和三十六年）　五十四岁

《淀君日记》获第十四届野间文艺奖。

《狼灾记》出版。

由《猎枪》改编的同名电影上映（五所平之助导演）。之后《猎枪》又被改编为电视剧两次、舞台剧一次。

1964年（昭和三十九年）　五十七岁

《风涛》获读卖文学奖。成为日本艺术院院士。

《我的母亲手记》第一部《花之下》发表。

半自传体三部曲第二部《夏草冬涛》发表。

1968年（昭和四十三年）　六十一岁

半自传体三部曲第三部《北之海》发表。

作者年谱

二四九

与晚年的母亲在汤之岛老家庭院合影

1969年（昭和四十四年） 六十二岁

《俄罗斯国醉梦谭》获新潮社第一届日本文学大奖。

《我的母亲手记》第二部《月之光》发表。

《风林火山》改编为同名电影（稻垣浩导演）。

1973年（昭和四十八年） 六十六岁

母亲八重去世。

静冈县骏东郡长泉町"井上靖文学馆"开馆。

1974年（昭和四十九年） 六十七岁

《我的母亲手记》第三部《雪之颜》发表。

1975年（昭和五十年） 六十八岁

《我的母亲手记》单行本出版。

1976年（昭和五十一年） 六十九岁

获颁日本文化勋章。

1979年（昭和五十四年） 七十二岁

《井上靖全诗集》出版。

1980年（昭和五十五年）　七十三岁

《天平之甍》改编为同名电影（熊井启导演）。

1981年（昭和五十六年）　七十四岁

任日本笔会会长。

1982年（昭和五十七年）　七十五岁

《千利休：本觉坊遗文》获第十四届日本文学大奖。

1986年（昭和六十一年）　七十九岁

在日本国立癌症中心接受食道癌手术。

1987年（昭和六十二年）　八十岁

最后的长篇小说《孔子》在《新潮》杂志上连载。

1988年（昭和六十三年）　八十一岁

《敦煌》改编为同名电影（佐藤纯弥导演）。

1989年（平成元年）　八十二岁

《孔子》获第四十二届野间文艺奖。

由《千利休：本觉坊遗文》改编的电影《本觉坊遗文》（熊井启导演）获威尼斯影展银狮奖（当年金狮奖得主为侯孝贤的《悲情城市》）。

1991年（平成三年）　八十四岁

一月二十九日去世，享年八十四，葬于静冈县伊豆市。

1992年（平成四年）

《俄罗斯国醉梦谭》改编为同名电影（佐藤纯弥导演）。

1995—1997年（平成七年至九年）

《井上靖全集》（司马辽太郎、大冈信、大江健三郎监修）共二十八卷出版。

2009年（平成二十一年）

《狼灾记》改编为同名电影（田壮壮导演）。

2012年（平成二十四年）

《我的母亲手记》改编为同名电影（原田真人导演）。

2013年（平成二十五年）

母校汤之岛小学（1873—2013）废校。